1,–

W0403904

LIT. KRIMI

Von James M. Cain sind außerdem
im Goldmann Verlag lieferbar:

Das Baby im Eisschrank · 5244
Zarte Hände hat der Tod · 5224

JAMES M. CAIN

Blutiger Schmetterling

THE BUTTERFLY

Kriminalroman

Wilhelm Goldmann Verlag

Aus dem Englischen übertragen
von Heinz Kausträter

Herausgegeben von Friedrich A. Hofschuster

Made in Germany · 2/84 · 1. Auflage · 118

© der Originalausgabe 1946 by James M. Cain
© der deutschsprachigen Ausgabe 1984
by Wilhelm Goldmann Verlag, München
Umschlagentwurf: Design Team München
Umschlagfoto: Richard Canntown, Stuttgart
Satz: Mohndruck Graphische Betriebe GmbH, Gütersloh
Druck: Elsnerdruck GmbH, Berlin
Krimi 5249
Lektorat: Annemarie Bruhns · Herstellung: Sebastian Strohmaier
ISBN 3-442-05249-1

Die Hauptpersonen

Jess Tyler	entdeckt einen Schmetterling und zieht falsche Schlüsse
Kady Tyler	heiratet ihren Vater
Belle Tyler	will jemanden umbringen, um eine alte Schuld zu sühnen
Danny Tyler	ist erst ein Jahr alt und bereits ein Mordmotiv
Jane Tyler	hat von allem keine Ahnung
Moke Blue	will sich an einem alten Feind rächen und macht ihn glücklich
Ed Blue	sucht ein Gewehr und findet eine nackte Frau
Wash Blount	läuft an seinem Hochzeitstag davon

Kapitel 1

Sie saß auf der Verandastufe, als ich von den Feldern kam. Ihren Koffer hatte sie neben sich und einen nackten Fuß auf dem anderen Knie, wohl um den Sand aus dem Schuh zu schütteln. Als sie mich sah, lachte sie, und ich fühlte, wie mir heiß wurde im Gesicht, weil sie mich beim Hinschauen ertappt hatte, und ich verschwand schleunigst in der Scheune.

Während ich melkte, beobachtete ich sie und sah, wie sie aufstand und überall herumlief. Sie schaute sich meine Bäume, meinen Mais und mein Haus an, dann ging sie an den Fluß, schaute sich den an und warf einen Stein hinein.

Sie war neunzehn oder zwanzig, mittelgroß, mit hellem Haar, blauen Augen und einer hübschen Figur. Ihre Kleidung war besser als bei den meisten Mädchen hier in den Bergen, wenn sie auch jetzt ein bißchen staubig war, weil sie wohl von der Autostraße unten, wo der Bus hält, heraufgekommen war.

Aber wenn sie sich verlaufen hatte, warum sagte sie dann nichts und schaute zu, daß sie weiterkam? Und wenn nicht, was wollte sie dann mit dem Koffer?

Als ich mit dem Melken fertig war, war es fast dunkel, und ich nahm meine Eimer, trat aus der Scheune heraus und ging zu ihr.

»Guten Tag, Miss!«

»Oh, hallo!«

»Wünschen Sie etwas?«

»Wie soll ich das wissen, wenn ich nicht weiß, was Sie alles haben?«

Sie lachte, und ich fühlte wieder diese Hitze im Gesicht, denn wie sie das so gesagt hatte und wie sie sich dabei benahm, hätte man hinter ihren Worten eine Menge mehr vermuten können.

»Miss, ich glaube, Sie sind auf dem Holzweg. Sie wollten gar nicht zu mir, sondern zu jemand anders.«

»Ich wollte zu Ihnen.«

»Woher wollen Sie das wissen? Sie kennen mich doch gar nicht.«

»Vielleicht hab ich ein Bild von Ihnen gesehen.«

»Vielleicht kennen Sie sogar meinen Namen?«

»Klar, kenn ich den! Sie sind Jess Tyler.«

»Ich hab Sie schon mal gefragt: Was wollen Sie?«

»Und ich hab schon mal gesagt: Wie soll ich das wissen? . . . Wenn Sie mich jetzt ins Haus bitten und ich mich ein bißchen umsehen dürfte, vielleicht fällt mir dann was ein, was ich mir aussuchen könnte.«

»Ich hab's nicht gern, wenn man sich über mich lustig macht.«

»Und wenn ich das gar nicht tue?«

Sie ging an die Pumpe, holte den Becher und kam damit zu den Milcheimern zurück.

»Etwas wüßte ich schon, was ich will.«

»Die Milch ist frisch, sie ist noch nicht kalt.«

»Ich mag kuhwarme Milch mit Schaum obenauf.« Sie schöpfte einen Becher voll, nippte daran, dann machte sie den Mund auf und kippte die Milch hinein. Sie schluckte schnell, aber nicht schnell genug, und ein bißchen lief ihr übers Kinn.

»Jetzt brauchte nur einer zu kommen und die Zunge herauszustrecken, und das Tröpfeln an meinem Kinn hört auf.«

Ich wischte es mit dem Handrücken weg, und ihre Augen bekamen einen ganz komischen Ausdruck, so als ob ich ziemlich schwer von Begriff wäre.

»Würden Sie mir freundlicherweise sagen, was Sie hierherführt?«

»Kapieren Sie denn immer noch nicht? Zunächst mal ist es

wohl Zeit zum Abendessen, und ich hab schon ein ziemlich leeres Gefühl im Magen.«

»Ich hab noch nie jemanden hungrig fortgeschickt.«

»Das hab ich gehört.«

»Von wem?«

»Wissen Sie's nicht?«

»Nein, ich weiß es nicht!«

»Na, wer wird denn gleich böse werden?«

Mein Haus ist eine einfache Holzhütte, aber besser als die meisten hier in der Gegend, weil sie nämlich schon immer unserer Familie gehört hat, und wir sind anders als das übliche Gesindel hier. Einzelne Möbelstücke sind schon hundert Jahre alt, wie man an den eingeschnitzten Daten bei den Stühlen sehen kann, aber den Verputz, den weißen Anstrich und die Abstützungen hab ich selbst gemacht; andere Einrichtungsstücke hab ich mir besorgt, als damals das Kohlenbergwerk stillgelegt wurde und die Leute hier wegzogen und alles mögliche zurückließen, besonders der Betriebsführer, von dem hab ich vier Flickenteppiche gekriegt.

Während ich das Abendessen machte, streifte sie durchs Vorderzimmer und sah sich alles an, die Bilder, die Sitzbänke vor dem Kamin, die Feuerböcke, Stühle und die gestrickten Tischdecken. Dann ging sie auf die Knie runter und tastete den Fußboden ab, weil der nämlich aus Nadelholz ist und jede Woche mit Sand gescheuert wird, und deswegen ist er schneeweiß und seidenweich. Dann tat sie dasselbe im Hinterzimmer. Als sie dann in den Anbau kam, wo ich am Herd stand, blieb sie stehen und schnupperte, was ich da gerade kochte. Und an der Art, wie sie die Nase rümpfte, hatte ich sie gleich durchschaut, dachte ich wenigstens.

»Soviel steht jedenfalls fest: Sie sind 'ne Morgan.«

»Wie kommen Sie darauf?«

»Wegen der Familienähnlichkeit.«

»Wie Sie das so sagen, kann man wohl nicht sehr stolz drauf sein.«

»So hab ich's nicht gemeint.«

»Trotzdem, ich glaube, kein Mann mag die Familie seiner Frau.«

»Warum nicht, wenn er seine Frau mag?«

»Mochten Sie Belle nicht?«

»Früher mal – ja, da hab ich sie geliebt.«

»Und dann – später?«

»Sie hat mich kuriert von der Liebe.«

»Wie hat sie das angestellt?«

»Darüber möcht ich nicht sprechen.«

»Hat es was mit andern Männern zu tun gehabt?«

»Das will ich nicht abstreiten.«

»Und Sie haben sie rausgeworfen?«

»Ich hab sie nicht rausgeworfen. Sie hat mich verlassen.«

»Das war, nachdem die Grube stillgelegt wurde?«

»Ja, das war, nachdem die Grube stillgelegt und die Arbeitersiedlung abgebrochen worden war. Das Flöz wurde immer dünner; wo anfangs eine sieben Fuß dicke Schicht gewesen war, blieb am Ende nur noch ein Flöz von etwas mehr als Handbreite übrig, und das ließ sich nicht mehr abbauen. Ein Jahr lang haben wir mit zwanzig oder dreißig Mann Stollen in den Fels getrieben in der Hoffnung, es würde wieder dikker werden. Sogar einen neuen Schacht haben wir abgeteuft, um zu sehen, ob irgendwo im Flöz ein Sprung oder eine Verwerfung war. Gefunden haben wir nichts, aber in der Zwischenzeit waren immer mehr Leute weggezogen, und sie sagte, die leeren Baracken gingen ihr auf die Nerven. Und dann sind sie eines Tages mit Lastwagen gekommen und haben die Baracken fortgeschafft, weiter unten nach Schacht 5, bei Carbon City. Dann haben sie auch noch die Kirche und die Kantine und die Kippvorrichtung und die Schienen und alles andere abgeholt, bis schließlich überhaupt nichts mehr da war, was einem auf die Nerven gehen konnte. Und dann ist sie eines Tages auch hier weg.«

»Vielleicht hat sie gern Leute um sich gehabt.«

»Die hat alles mögliche gern gehabt.«

»Das klingt aber arg verbittert.«

»Ich sag ja, ich will nicht darüber sprechen.«
»Haben Sie sie danach noch mal wiedergesehen?«
»Nein, nie.«
»Oder die Kinder?«
»Nicht, seit sie mit ihnen weg ist.«
»Möchten Sie sie gern mal wiedersehen?«
»Manchmal denk ich an sie. Besonders an die kleine Kady. Jane, die schlug mehr nach meiner Großmutter, ich meine, im Wesen war sie genauso hartherzig und kalt. Aber Kady, die war nett.«
»Wissen Sie, wo sie sind?«
»Ja, das weiß ich.«
Wir aßen Maisbrei und ein Huhn, das ich am Tag vorher geschlachtet und für den Geistlichen im Brunnen aufbewahrt hatte. Nach dem Essen half sie mir beim Abwaschen.
Dann wollte sie sehen, wo die Grube und das Arbeiterlager gewesen waren. Also machten wir einen Spaziergang im Mondschein, und ich zeigte ihr, wie alles früher gewesen war. Dann gingen wir wieder zu meinem Hof zurück, und ich zeigte ihr meine Maisfelder, den Schweine- und Kuhstall und die Scheune. Ich erzählte ihr, daß ich mit meinem Land genau an die Grenze des Firmengeländes stieß und man mir damals, als ich noch im Bergwerk gearbeitet habe, kein Pachtgeld dafür abgenommen hatte und daß ich mit dem Verkauf von Popcorn und ähnlichem Zeug an die Männer noch ein bißchen hinzuverdienen konnte, weil ich billiger war als die Werkskantine.
»Haben Sie der Firma das Land abgekauft, als das Lager hier abgebrochen worden war?«
»Nee, hab ich nicht.«
»Aber das ist Ihr Korn, was darauf wächst?«
»Streite ich nicht ab.«
»Dann haben Sie das Feld gepachtet?«
»Vielleicht bebaue ich es nur.«
»Soll das heißen, daß Sie bei der Firma gut angeschrieben sind?«

»Einmal im Jahr kommen sie hier raus und verwarnen mich. Ich soll das Land verlassen und es nicht wieder betreten. Da gibt's irgendein Gesetz, ich weiß auch nicht genau, wie es heißt. Sie können nicht zulassen, daß ich hier so was wie 'n Gewohnheitsrecht einführe. Das wird's wohl sein.«

»Und was machen Sie dann?«

»Ich verlasse das Land. Für eine Stunde.«

»Sie meinen, die lassen Sie das Land einfach benutzen?«

»Ich tu ihnen ja auch manchmal einen Gefallen. Als sie damals hier ausgezogen sind und all die Maschinen oben am Verladeplatz herumstanden, da hab ich ein bißchen darauf aufgepaßt. Es wimmelte damals von Menschen hier in der Gegend, die von der Gewerkschaft hatten sich auch hier breitgemacht, und manchmal blieb Dynamit an gefährlichen Stellen liegen, und bei all den Sprengkapseln und dem Zeug, wie leicht hätte der ganze Laden hier in die Luft gehen können! Und später dann, wenn mal ein Felsbrocken vom Regen freigespült worden war und herunterzufallen drohte. Dann wäre die Firma verklagt worden, wenn jemand ihn auf den Kopf gekriegt hätte. Also hab ich die Gefahr selber beseitigt oder die Firma benachrichtigt. Ich komm ganz gut mit ihnen aus.«

»Das kann man wohl sagen.«

Unter den Apfelbäumen hakte sie ihren kleinen Finger in meinen.

»Diese Scherze ziehen bei mir nicht, Miss.«

»Warum nicht, Mister?«

»Was glauben Sie, wie alt ich bin?«

»Ich weiß, wie alt Sie sind. Sie sind zweiundvierzig.«

»Nun, das mag Ihnen alt vorkommen, aber ich fühle mich noch nicht alt. Wenn Sie nicht besser aufpassen, könnte Ihnen schnell was passieren.«

»Nicht, wenn ich nicht will.«

»Wenn Sie wirklich eine Morgan sind, dann wollen Sie auch.«

»Sogar mit Ihnen?«

»Wenn's in der Verwandtschaft bleibt, um so besser.«

»Und wenn man Tyler heißt, dann wartet man am Ende des Hohlwegs, bis er vorbeikommt, und dann schießt man ihn in den Rücken.«

»Ich hab nie auf jemanden geschossen.«

»Wir haben ja auch nur von Familiennamen gesprochen, nicht? Manche Leute haben einen Namen für dieses, andere für jenes.«

»Ich sag ja nur, manche Dinge stecken einem im Blut.«

»Und ich sag nur, es gibt so 'n Blut und solches.«

»Und wenn es nun mal drinsteckt, dann muß man dagegen ankämpfen.«

»Wozu soll das nun wieder gut sein?«

»Wenn Sie das nicht wissen, kann Ihnen kein Mensch helfen.«

»Wer sagt denn, daß ich nicht schon gekämpft habe? Und daß es mir nicht so viel eingebracht hat? Vielleicht hab ich die Nase voll vom Kämpfen! Vielleicht möchte ich ja gerade aus allem ausbrechen und mich einmal so richtig ausleben. Vielleicht will ich ja schlecht sein!«

»So redet man nicht!«

»Wie sonst?«

Als wir wieder im Haus waren, sagte ich ihr, sie müßte jetzt gehen, sie sollte ihre Sachen nehmen, und ich würde sie hinbringen, wohin sie wollte, mit dem kleinen Ford-Lieferwagen, den ich als Transporter benutze. Sie ging ins Hinterzimmer, wo ihr Koffer war, und blieb eine ganze Weile weg. Als sie dann herauskam, hatte sie ihre Sachen ausgezogen und stand da in Nachthemd, Morgenrock und Hausschuhen. Ich wollte ihr sagen, sie sollte sich wieder anziehen, aber die Worte blieben mir im Hals stecken. Sie setzte sich neben mich und legte ihren Kopf an meine Schulter.

»Schick mich nicht fort!«

»Es muß sein.«

»Ich würd's nicht aushalten.«

Plötzlich brach sie in Tränen aus und klammerte sich an mich und redete wirres Zeug: was sie alles durchgemacht hätte und daß ich ihr helfen müßte. Dann, als sie sich etwas beruhigt hatte, sagte sie:

»Weißt du denn nicht, wer ich bin?«

»Ich hab's doch schon dreimal gesagt: nein!«

»Ich bin Kady.«

»Du bist . . .?«

»Deine kleine Tochter. Kady, dein Liebling.«

Wenn ich es nur könnte, ich würde in diese alte Kladde hineinschreiben, daß ich sie in die Arme nahm und ihr sagte, sie könnte dableiben und alles von mir haben, was sie brauchte, weil sie doch mein Kind war . . . Denn nach allem, was später geschah, würde es doch zeigen, daß ich von Anfang an nichts von alldem beabsichtigt hatte und daß ich in alles nur hineingeschlittert bin, ohne recht zu wissen, was ich tat. Aber so war es nicht. Ich nahm sie in die Arme und sagte, sie könnte bleiben, und richtete ihr das Hinterzimmer ein und brachte mein Bettzeug in den Stall, wo ich mir eine Schlafstelle zurechtmachte. Aber die ganze Zeit klopfte mein Herz wie wild von den Gefühlen, die sie in mir geweckt hatte, und die ganze Zeit sah ich genau, daß sie wußte, was für Gefühle das waren, und es machte ihr nichts aus.

Kapitel 2

»Was hast du denn durchgemacht?«

»Na, was schon?«

»Ein Mann?«

»Wenn man so was Mann nennen kann.«

»Und was hat er dir getan?«

»Er hat mich sitzenlassen.«

»Und was sonst?«

»Das ist alles.«

Es war Sonntag morgen, und sie lag auf der Veranda in der Sonne, noch in dem rosa Baumwollkleid, das sie angezogen hatte, um mir beim Füttern zu helfen. Ich murmelte, wie leid es mir täte, und wechselte schnell das Thema: Belle hatte in Blount eine kleine Pension für Bergarbeiter vom Schacht Llewelyn 3 aufgemacht. Aber dann hatte sie sich's mit einemmal anders überlegt und wollte nun doch darüber sprechen.

»Nein, das ist nicht alles. Es ist noch lange nicht alles. Du hast sicher gemerkt, daß ich nicht viel zu sagen wußte, als du von den Morgans angefangen hast. Ich weiß Bescheid. Ich war erst zwölf, als mir die Augen allmählich geöffnet wurden. Jane wußte es schon lange vor mir, und wir beide haben damals viel und oft darüber gesprochen. Immer wieder haben wir uns vorgeredet, daß wir nicht so werden wollten. Eines war uns klar: Schuld daran, daß so was immer wieder passierte, ist doch nur, daß die Leute so ungebildet sind; nimm Belle – die kann ja nicht mal lesen. Und dann haben wir uns beide entschlossen, jeden Tag mit dem Bus zur Oberschule zu fahren. Und ausgerechnet da ist Belle krank geworden.«

»Die Krankheit kenn ich, die kommt nur von der Flasche!«

»Es war eine Lungengeschichte.«

»Was denn, sie ist wirklich lungenkrank?«

»Der Arzt hat gesagt, wenn sie sich schont, wird's schon gehen, aber schwer arbeiten durfte sie nicht – also mußte eine von uns beiden sich um die Pension kümmern. Jane war sofort dazu bereit.«

»Das war aber nett von ihr.«

»Sie ist wirklich in Ordnung.«

»Mag sie mich noch?«

»Und ob! Wir haben viel von dir gesprochen, und es war ja auch deinetwegen, daß wir auf die Schule gehen wollten, weil wir doch wußten, daß du lesen und schreiben kannst und in die Kirche gehst. Sie hat zu Hause meine Bücher studiert. Und dann, beim Abschlußexamen, war ich die Erste der Klasse, und letztes Jahr hab ich in Blount sogar die Stellung als Lehrerin fürs zweite Schuljahr gekriegt. Es waren zwar nur kleine Kinder, aber es hat allerhand Aufsehen erregt. Eine Bergmannstochter als Lehrerin! Sogar in der Zeitung hat's gestanden.«

»Na, da bin ich ja richtig stolz!«

»Das war ich auch.«

Sie lag da und schaute eine ganze Weile zum Fluß hinunter, und ich sagte nichts, weil ich sie nicht drängen wollte, wenn ihr nicht nach Weiterreden zumute war. Aber sie fing von selber wieder an:

»Und dann kam er.«

»Wer ist ›er‹?«

»Wash Blount.«

»Von der Kohlenfamilie?«

»Seinem Vater gehört Llewelyn. Und weil er früher selber Bergmann war, glaubt er, eine Bergmannstochter sei nicht gut genug für seinen Sohn, und will, daß Wash in eine reiche Familie einheiratet – wie seine Tochter, die lebt irgendwo in Philadelphia. Andauernd hat er auf Wash eingeredet. Und zu Ostern hat er mich dann verlassen.«

Ich sagte, sie würde schon drüber wegkommen, und noch einiges mehr, aber dann begann es in ihrem Gesicht zu zukken, und die Tränen liefen ihr über die Wangen, und was dann kam, schrie sie mir fast entgegen.

»Und das ist noch nicht alles! Im Mai mußte ich in der Schule aufhören. Weil alle sehen konnten, was ich nicht wußte, was ich nicht wahrhaben wollte, selbst als sie's mir sagten. Weil ich mich nämlich nicht wie eine Morgan benommen habe – unsere Liebe war etwas sehr Schönes gewesen! Aber es stimmte trotzdem. Vor einem Monat, im Juli, haben sie mich ins Hospital gebracht, und ich hab ein Baby gekriegt – einen Jungen.«

»Warst du denn nicht glücklich darüber?«

»Ich hasse es!«

Ich hatte noch ein paar Fragen, und sie sagte, daß der alte Blount die Krankenhausrechnung geregelt hatte und Belle ein monatliches Kostgeld für das Baby zahlte. Dann brach es aus ihr heraus: »Hol's der Teufel! Und dich auch mit deinem Gerede von anständig sein und immer nur tun, was gut und recht ist. Ich war gut, aber was ich davon habe, das siehst du ja!«

»Nein, du warst schlecht.«

»War ich nicht! Ich hab ihn geliebt.«

»Wenn er dich liebte, hätte er dich geheiratet.«

»Du hast gut reden! Aber faß doch mal an deine eigene Nase! Warst du nicht auch immer gut und anständig? Und hat es dir nicht dasselbe eingebracht wie mir? Hast du nicht gewußt, was Belle mit dir angestellt hat? Daß sie dich hintergangen hat mit diesem Moke?«

»Treibt sich der immer noch rum?«

»Mitsamt seinem Banjo.«

Moke, das war der Kerl, der mir wohl mehr Kummer gemacht hatte als sonst jemand auf der Welt, und noch jetzt konnte ich seinen Namen nicht hören, ohne daß ich ein seltsames Kribbeln in der Magengegend bekam. Er war klein und schäbig und wohnte in Tulip. Das ist eigentlich gar keine richtige Stadt, nur ein paar Häuser weiter hinten im Tal hinter der Kirche. Die Hütte, in der er wohnte, war aus Holz und Lehm, und der Mann hat in seinem ganzen Leben nicht einen einzigen Tag gearbeitet, das kann jeder hier bezeugen. Aber ein Banjo hatte er. Samstag nachmittags spielte er in der Werkskantine und ließ den Hut rumgehen, und die übrige Zeit trieb er sich mit dem Ding bei mir zu Hause herum. Belle meinte immer, es wäre gut für die Stimmung, aber wenn man mich fragt, dann war es höchstens gut, um es ihm über den Schädel zu hauen und dann zu hören, was denn nun hohler klang – das Banjo oder sein Kopf. Gott, hab ich das Ding am Ende gehaßt und den Kerl nicht minder. Und eines Tages kam ich dann dahinter, was wirklich gespielt wurde. Und am nächsten Tag waren sie verschwunden. Kady mußte wohl an meinem Gesicht abgelesen haben, woran ich dachte, denn sie sagte:

»Fein hat man uns beide behandelt, was?«

»Das ist doch vergangen.«

»Ich will aber schlecht sein!«

»Komm, du gehst mit mir in die Kirche!«

Aber die ganze Predigt hat sie nur zum Fenster hinausgeschaut auf die Berge, und ich glaube, sie hat nicht ein einziges Wort mitbekommen. Und später, als wir Mr. Rivers und den Leuten aus Tulip die Hände schüttelten, hat sie zwar versucht, freundlich zu sein, aber sie hat sie dauernd miteinander verwechselt, auch noch, als ich ihr die Namen genannt hatte. Und einigen von den Leuten ist es sogar aufgefallen. Ich konnte genau sehen, wie Ed Blue mit seinen kleinen Schweinsäuglein sie anstierte, und diesen Ed Blue hatte ich noch nie gemocht, aber ich wollte nicht, daß er dummes Gerede in die Welt setzte. Ein paar von den Leuten kannten sie schon, als sie noch ein ganz kleines Ding war, und wollten nett zu ihr sein, und da konnte es doch nur schaden, wenn man ihm Grund zum Gerede gab.

Für die Apfelernte, fürs Maiskörnen und fürs Schweineschlachten holte ich mir immer zwei Männer von weiter oben am Fluß, und sie kochte für uns drei und erledigte alle Arbeiten, die getan werden mußten; sie fuhr mit dem Lieferwagen nach Carbon City, wenn wir irgendwas brauchten, oder sie blieb bis zum Morgengrauen mit mir auf, wie in der Nacht, als wir die Falläpfel zu Mus verkochten. Aber als es dann kälter wurde und die Arbeit etwas nachließ und Jack und Mellie wieder heimgegangen waren, da saß sie die Zeit nur rum und starrte auf den Boden und sagte kein Wort. Und dann eines Abends, ich hatte den ganzen Tag über Mais gekörnt, da fragte sie, was ich damit mache.

»Das meiste wird verfüttert ans Vieh.«

»Zwei Mulis, sechs Schweine, zwei Kühe und ein paar Hühner – die fressen das ganze Korn? Du liebe Güte! Die haben aber einen gesegneten Appetit. Ich wußte gar nicht, daß Tiere soviel fressen können.«

»Einen Teil verkaufe ich auch.«

»Für wieviel?«

»Was man gerade so zahlt. Dies Jahr ... ein Dollar zehn.«

»Mehr kriegst du nicht?«

»Es kommt ganz drauf an. Heute läßt es sich verkaufen. Aber ich hab Zeiten erlebt, und das ist noch gar nicht so lange her, da wurde man's überhaupt nicht los, und ein Dollar zehn war ein Vermögen.«

»Aber ein Scheffel Mais ist mehr wert.«

»So? Wer zahlt denn mehr?«

»Das Café vielleicht.«

»Kady, worauf willst du hinaus?«

»Du mahlst es, machst Maische davon und läßt es nur einmal durchlaufen. Dann kannst du fünf Dollar für die Gallone kriegen, wenn das Zeug noch warm ist. Und wenn du dir ein bißchen mehr Mühe damit machst, sogar noch mehr. Ein paar Monate in Fässern gelagert, bringt es glatt zehn.«

»Das macht man schon nicht mehr, seit die Prohibition vorbei ist.«

»Aber man fängt jetzt wieder damit an, wo die Kneipen keinen Schnaps kriegen können. Der Schwarzgebrannte aus den Bergen kommt in Flaschen aus der Stadt und bringt bares Geld.«

»Wo hast du das alles erfahren?«

»In Carbon. Vielleicht hab ich da mehr gemacht als nur Kisten für deine Äpfel besorgt. Vielleicht hab ich da Freunde gefunden. Vielleicht haben die mir erzählt, wie man schnell an 'ne Menge Geld rankommen kann.«

»Haben sie dir auch gesagt, daß es gegen das Gesetz ist?«

»Vieles ist gegen das Gesetz.«

»So was ist nichts für mich.«

»Ich will Geld.«

»Wozu?«

»Kleider.«

»Sind dir deine Kleider nicht mehr schön genug?«

»Für die kleine Bergkirche sind sie gerade gut genug, aber in Carbon City sind sie der letzte Mist. Ich hab mich lange genug für dumm verkaufen lassen, das laß dir gesagt sein! Ich mach das nicht mehr mit! Ich will raus!«

»Die Kirche ist besser für dich als die Stadt.«

»Aber nicht halb so lustig.«

Ich körnte weiter meinen Mais, aber Mahlen und Maischen kam nicht in Frage. Und eines Tages ging sie nach dem Frühstück weg und kam erst um zehn Uhr abends nach Hause.

»Wo bist du gewesen?«

»Mir 'n Job besorgt.«

»Was für 'n Job?«

»Als Kellnerin.«

»Wo?«

»In einem Café.«

»Das ist kein anständiger Job für ein Mädchen. Besonders nicht für ein Mädchen mit Bildung, das sogar an der Schule unterrichten könnte.«

»Aber er wird besser bezahlt. Und er ist besser.«

»Wie hast du dir denn das ausgerechnet?«

»Weil, wenn mal wieder ein Baby unterwegs wäre oder so was, dann kann ich bleiben, und kein Mensch setzt mich auf die Straße, und wenn das Baby dann da ist, kann ich wieder anfangen, und alle sind nett zu ihm und zu mir.«

»Was soll das heißen: Baby unterwegs? Was willst du damit sagen?«

»Mit dem richtigen Mann, das könnte doch schön sein.«

»Hör auf, so zu reden!«

Sie setzte den Hut ab, wirbelte ihr Haar herum und ging schlafen.

So ging das eine ganze Weile, zwei oder drei Monate vielleicht: Sie blieb aus bis zehn, elf oder zwölf Uhr, wir stritten uns dauernd, und ich wurde fast verrückt, besonders als sie dann anfing, Kleider mit nach Hause zu bringen, die sie von ihren Trinkgeldern gekauft hatte, wenn man ihr das glauben wollte. Aber das müssen schon furchtbar dicke Trinkgelder gewesen sein.

Und dann kam die Nacht, wo sie überhaupt nicht nach Hause kam und ich nicht ins Bett. Ich bin runter zum letzten Bus, und als sie nicht drin war, bin ich nach Carbon City gefahren und hab alles nach ihr abgesucht. Aber sie war nirgends, wo ich auch suchte. Ich bin dann wieder nach Hause, hab mich aufs Bett gelegt, meine Morgenarbeiten erledigt, und dann wußte ich, was ich tun mußte.

Am Nachmittag hab ich dann ein Muli gesattelt und bin raufgeritten in die Berge, zu einer Hütte, die der Betriebsführer sich hat bauen lassen, damals, als er noch jünger war und immer auf die Jagd ging. Sie war seit Jahren nicht mehr benutzt worden, und es stand kein Möbelstück mehr darin, aber hinten im Hof fand ich, was ich gesucht hatte. Es war der alte Heißwasserspeicher mit einer Rohrschlange drin und der Hundert-Gallonen-Tank. Er hatte sich die Anlage draußen auf ein Podest setzen lassen, damit er und seine Freunde jederzeit, wenn sie Lust hatten, ein Bad nehmen konnten.

»Gott, bin ich froh, daß du wieder da bist!«

»Na, na, warum denn so aufgeregt?«

»Ich war bange, du würdest überhaupt nicht mehr kommen.«

»Wir mußten eine Menge Kisten aufmachen und sind erst spät damit fertig geworden, und da hab ich den letzten Bus verpaßt. Eine Kollegin hat mich mit zu sich nach Hause genommen.«

Meine Arme wollten sie gar nicht mehr loslassen, und ich hielt ihre Hand, während sie das Abendbrot aß, das ich für sie aufgehoben hatte, und ich war so glücklich, daß ich dauernd einen Klumpen im Hals hatte. Und dann, als wir vor dem Feuer saßen, sagte ich: »Diese Idee neulich von dir, weißt du noch?«

»Mit dem Mais?«

»Wenn ich nun ja sage. Würdest du dann diesen Job aufgeben und hier draußen bleiben und mir helfen?«

»Wieso denn auf einmal?«

»Ich halt's nicht aus, wenn du weg bist.«

»Halbe-halbe?«

»Wie du willst.«

»Abgemacht!«

Kapitel 3

Die Mine, in der ich unsere Anlage aufbauen wollte, war in einem so verkommenen Zustand, daß ich fast den Mut verlor und aufgeben wollte, ehe wir angefangen hatten. Ich hatte mir vorgestellt, daß es da, abgesehen von Ratten und Staub und Spinnen, noch ebenso aussehen müßte wie damals, als sie die Maschinen abgeholt hatten, aber als wir dann hinkamen, hatte sich doch eine ganze Menge verändert. Die Decke des Stollens, der in den Berg hineinführte, hatte sich blasenförmig nach unten ausgebeult. Ähnlich wie Farbblasen beim Lackanstrich, nur daß diese Blasen so groß waren wie Wagenräder und nicht wie ein Vierteldollar und so dick wie eine Betonstraße statt so dick wie ein Bogen Papier. Jede einzelne Blase war in Stücke zersprungen, und ein Teil der Stücke war heruntergefallen; der Rest hing an der Decke und konnte jeden erschlagen, der gerade im ungünstigen Moment darunter stand. Und der Boden war das reinste Kürbisfeld mit wellenförmigen Buckeln, die den Durchgang an vielen Stellen beinahe versperrten. Und genauso war es am Eingang zum Hauptstollen, wo ich das Zeug mit einem Grubenwagen rein- und raustransportieren wollte und von wo ich es mit dem Flaschenzug leicht von und zu der alten, tiefer liegenden Straße hätte hochziehen oder abseilen können. Überall lagen dicke, schartige Felsbrocken herum, und darüber lief ein kleines Rinnsal von Wasser, und die Gleise waren darunter begraben.

Als sie mir nachkam und die Bescherung sah, sagte sie, ich sollte bloß draußen bleiben, aber ich kroch trotzdem hinein, um mir alles genauer anzusehen. Nach wenigen Minuten mußte ich anhalten. Weil sich nämlich schon in der ersten Senke ein Wassertümpel von wenigstens sechs Fuß Tiefe gebildet hatte. Das Wasser lief über, und das war dann das Rinnsal, das aus dem Stolleneingang herausfloß.

Als ich wieder draußen war, besprachen wir die Sache, und ich hatte schon kalte Füße. Aber sie meinte, es müßte ja nicht unbedingt eine Kohlenmine sein, und sie war brummig, und ich sah schon, daß sie nicht so schnell aufgeben wollte.

Und dann fiel mir plötzlich dieser Stollen ein, den wir damals angelegt hatten, um nach eventuell lohnenderen Kohlenflözen zu suchen. Es war kein Abbaustollen, wo man sich in die Kohlenschicht hineingräbt, mit Felsen darüber und darunter, und dazwischen das Kohlenlager, so daß man nur in den Gewölben Grubenstempel braucht, wo die Kohle abgebaut wird; die muß man natürlich abstützen, sonst bricht einem der ganze Stollen zusammen. Dieser Stollen führte durch Tonschiefer mit einer Decke aus Sandstein, und wir hatten ihn damals mit Stempeln und Maschendrahtgeflecht abgestützt, so wie wir vorwärts kamen.

Der Stollen lag eine Viertelmeile weiter um den Berg herum, oben an dem steilen Abfall in den Fluß, und dort gingen wir hin. Und richtig, da war er. Total verdreckt und feucht und düster, aber die Stempelhölzer hatten gehalten, und das Gleis war auch noch da.

Ich steckte die Lampe an und kroch hinein, und sechzig Schritt weiter drinnen sah ich im ersten Seitenausbau eine Reihe Förderwagen. Es waren nicht die schweren Wagen aus Stahl, die man in Motorzügen verwendet, sondern die kleineren, die wir von Hand geschoben haben. Ich ging weiter und entdeckte, daß alle Eingänge offen waren, sogar die, welche die Verbindung mit dem abgebauten Teil der Mine herstellten, obwohl die natürlich, wie der Hauptstollen, voller heruntergefallener Brocken lagen.

Und dann endlich kam ich an die Stelle, die ich von Anfang an gesucht hatte, schon als ich in den Hauptstollen hineingekrochen war: Es war der Wetterschacht, den wir für die Lüftung abgeteuft hatten und der quer durch alle Schichten lief. Von diesem Schacht aus konnte man genau sehen, ob noch was zum Abbauen da war oder nicht, und erst als sie dann festgestellt hatten, daß nichts mehr da war, da haben sie's aufgegeben und sind abgezogen.

»Es ist alles da, genau, wie wir's brauchen, und vor allen Dingen der Schacht. Es ist hell genug da unten zum Arbeiten. Wir können Gerüste für unsere Bottiche, Tanks und Fässer bauen, dann läuft das ganze Zeug abwärts, und wir brauchen nicht mal zu pumpen. Sogar Wasser haben wir da, was wollen wir mehr? Das Wasser in dem Tümpel in der Senke kommt aus einer Quelle, die an einer Seite des Schachts runterläuft, und es ist sauberes Süßwasser, ich hab's nämlich probiert, weil ich sicher sein wollte. Wir können es auf halbem Weg abfangen und überall hinleiten, wo wir wollen. Kein Mensch wird das obere Ende des Schachts finden. Von der Straße unten ist nichts zu sehen. Und nichts zu riechen. Rauch wird's auch nicht geben, weil wir nämlich Holzkohle benutzen, und die macht keinen Rauch. Aber wie sollen wir alles da oben raufschaffen?«

»Du hast doch was von 'nem Flaschenzug gesagt.«

»Ja, von der alten Eisenbahnböschung aus, aber doch nicht vom Fluß aus.«

»Könnten wir nicht . . . ein Boot benutzen?«

»Ja, und wir könnten's auch gleich in die Zeitung setzen lassen.«

»Da hast du recht. Würde komisch aussehen.«

»Vielleicht ließe sich eine Erklärung dafür finden, daß wir als einzige ein Boot auf dem Fluß haben, aber alle Welt würde plötzlich anfangen, neugierige Fragen zu stellen, und wenn man so was unternimmt, wie wir es vorhaben, dann kann man keine neugierigen Frager brauchen.«

Wir stiegen den Berg hinunter durch das junge Horngesträuch, und als wir am Wasser ankamen, überquerten wir den Fußsteg, der zu meinem Grundstück hinüberführt und gingen ein Stück flußaufwärts. Dann fiel mir auf, daß die Straße und die Bergwand gar nicht weit auseinander waren, weil der Fluß an dieser Stelle sehr schmal wurde. Da war eine Art Sandbank am Ufer auf der Straßenseite, aber mit Hilfe eines langen Auslegers konnte man oben von der Klippe jemandem, der unten auf der Straße parkte, eine lose Leine zuwerfen, und wenn man die Leine an der Seilrolle befestigte, konnte man sie beim Herunterlassen von der Wand wegziehen. Und wenn dann die Last angehängt wurde, konnte man sie mit der losen Leine lenken, damit sie nicht gegen die Bergwand schlug. Und wenn dann alles hinauftransportiert war, holte man das ganze Hebezeug nach oben und verstaute es bis zum nächstenmal.

Ich erklärte ihr alles, und sie kapierte es auch. Aber sie stellte noch eine Menge Fragen.

»Du meine Güte, Jess, ich weiß nicht, was du gegen ein Boot hast! Ich blockiere unten auf der Straße mit dem Lieferwagen den Verkehr, und du stehst da oben und ziehst das Zeug mit zwei oder drei quietschenden Seilrollen rauf – das ist ja nun auch nicht gerade heimlich!«

»Was für Verkehr denn? Wir machen es nachts.«

»Richtig. Nachts ist keiner draußen.«

»Wir brauchen noch nicht mal einen neuen Weg anzulegen, der uns verraten könnte. Du übernimmst den Lieferwagen, ich den Flaschenzug. Wenn wir irgendwas hören, ziehe ich hoch, und du fährst weiter. Das ist alles.«

»Großartig!«

»Dann sind wir ja klar – bis auf eines.«

»Und das wäre?«

»Der Tank von der Hütte oben. Den können wir nämlich nicht hochhieven. Den müssen wir schon mit dem Muli verfrachten. Hoffentlich kann ich ein Gestell zusammenzimmern, um ihn zu transportieren. Wir schaffen ihn bis ganz oben an die Schachtöffnung und lassen ihn durch den Schacht hinunter.«

»Warum sollten wir ihn denn nicht hochhieven können?«

»Weil er nicht durch den Stollen durchgeht.«

»Ach so, jetzt versteh ich.«

»Der ist nicht groß genug.«

Also gingen wir an die Arbeit. Wir hatten beide ungefähr gleichviel zu tun. Was sie nicht konnte, machte ich, und was nichts für mich war, machte sie.

Ich bin zwar kein Mechaniker, aber ich kann ganz gut mit Werkzeugen umgehen. Und all die Sachen, die ich neu anfertigen und zusammenmontieren mußte, machten mir keine Schwierigkeiten, nur daß es eben viel Zeit brauchte und eine Menge Arbeit war.

Wie ich ihr schon gesagt hatte, mußte als erstes der Hundert-Gallonen-Tank von der Berghütte heruntergeholt werden. Aber ich schaffte es mit einem leichten Grubenwagen bis hinauf, und auf dem Rückweg mit dem Tank gab es ein paar Stellen, wo ich mit Brettern, Seilen und Bremsklötzen arbeiten mußte. Aber es ging leichter, als ich erwartet hatte, und in einem einzigen Tag kam ich bis an die Schachtöffnung. Einen weiteren Tag brauchte ich für das Absenken durch den Schacht. Und dann konnte ich mich daranmachen, die Gerüste zu bauen. Dafür verwendete ich die Holzteile von der alten Ladebühne bei den Eisenbahnschienen, und als Verbindungsrohr nahm ich die Wasserleitung vom alten Füllort.

Ich arbeitete stramm durch, und so dauerte es auch nicht lange, bis ich eine Reihe Bottiche, mit Deckeln verschlossen, fertig hatte und dann die Verbindung mit der nächsten Etage, wo ich das Quellwasser abfing. Das Ganze schloß ich dann an die Maischebottiche darunter und an meinen Destillierapparat an, der zu ebener Erde lag. Als Heizkessel benutzte ich den Tank und als Kühlsystem den alten Boiler, in dem ich die Rohrschlange so umgebaut hatte, daß sie von oben nach unten durch kaltes Wasser lief.

Ich hatte alles prima ausgetüftelt; der Kaltwasserzulauf war unten und der Heißwasserablaß oben, und als wir erst einmal soweit waren, daß wir anfangen konnten, lief alles fast automatisch.

Sie kümmerte sich um alles, was in Carbon City zu erledigen war, und das war 'ne ganze Menge. Ich selbst wäre mein Lebtag nicht in die Stadt gefahren, wo mich die Leute nur komisch angestarrt hätten und von dem, was ich alles zusammenkaufte, sofort erraten konnten, was ich damit vorhatte. Sie besorgte die Wannen und Bottiche, die wir für das Wasser und die Maische brauchten, und die Fässer für das Altern und Reifen des Schnapses. Und alles mußte möglichst klein sein, weil der Tunnel so eng war und ich nicht mehr Zeug zur Schachtöffnung raufschaffen wollte als unbedingt nötig. Aber nichts machte uns soviel Mühe wie die Fässer. Die sollten nämlich angekohlt sein, waren es aber nicht, soviel ich sehen konnte, und so mußten wir es selber machen. Während ich an der Rohrleitung beschäftigt war, füllte sie die Fässer mit Spänen und Sägemehl. Ein Ende der Fässer hatte ich offengelassen, nachdem ich die Reifen abgestreift und den Deckel herausgenommen hatte. Wenn die Flamme dann ordentlich brannte, rollte sie das Faß mit dem Feuerhaken, den sie von unten aus dem Haus mitgebracht hatte, herum, bis die ganze Innenseite mit einer feinen Schicht bedeckt war – ›rote Schicht‹ nennen sie das. Dann wurde das Faß mit Wasser ausgespült, und am nächsten Tag setzte ich den Deckel wieder ein und zog die Reifen über – und wieder war ein Behälter fertig.

All das Zeug wollte bezahlt sein, aber es kostete weniger, als ich gedacht hatte, weil sie nämlich vieles gebraucht kaufen konnte und den Preis herunterhandelte, wo sie nur konnte. Aber bei einigen Sachen weiß ich bis heute noch nicht, wo sie die wohl aufgetrieben hat. Zum Beispiel dieses Meßgerät, das sie eines Tages mitbrachte und das man zum Messen des Alkoholgehalts braucht, das war in einem länglichen Pappkasten. Und der Stempel auf dem Karton lautete:

›Eigentum der Carbon City High School‹. Immer wieder wollte ich sie fragen, woher sie das hatte, aber ich hab's nie getan.

Endlich, nachdem wir oft bis spät in die Nacht Mais gemahlen, Holzkohle gemacht und allerhand andere Dinge erledigt hatten, kam der Tag, wo wir zum erstenmal Wasser in den Apparat einlaufen ließen und unsere erste Maische einbrachten. Und drei Tage später machten wir den ersten Durchlauf. Ich war ziemlich nervös, denn wenn uns auch keiner sehen konnte, es war doch gegen das Gesetz und gegen alle meine Grundsätze. Aber es war auch schön, wenn man erst einmal richtig dran war. Bei einer kleinen Destille nimmt man einen Zahnstocher, aber hier bei unserer nahmen wir einen Spieß, wie man ihn beim Fleischbraten benutzt. Ein Holzstift, an einem Ende angespitzt und ungefähr so lang wie meine Hand. Den steckten wir in die Öffnung der Leitung, da, wo die Rohrschlange zu Ende ist, und als das Feuer richtig brannte, kam auch dieser komische Geruch, der für meine Nase ganz neu war, der mir aber gut gefiel, und der Spieß wurde langsam feucht. Dann tauchte am spitzen Ende, das nach draußen ragte, ein Tropfen auf wie der Tropfen beim Geißblatt, wenn man den Faden durchzieht, um an den Honig heranzukommen. Er fiel in das Obstglas, das wir daruntergestellt hatten, und bald danach war auch schon der nächste Tropfen da. Dann fielen die Tropfen einer nach dem andern. Dann vereinigten sie sich zu einem feinen Strahl, der die Farbe von Wasser hatte, aber klarer war als jedes Wasser, das man sonst so sieht.

Als das erste Glas voll war, schüttete sie es um in das große Glas, in dem das Meßgerät arbeitete. Dann ließ sie die Skala hineinfallen und las ab.

»Wieviel ist es?«

»Eins siebzig.«

»Sehr gut.«

»Du meine Güte, wenn es schon gleich zu Anfang so stark

ist, können wir glatt bis auf dreißig heruntergehen, dann ist es immer noch auf hundert, wenn wir die Mischung ins Faß füllen.«

»Wir gehen runter, bis die Mischung eins fünfundzwanzig ist.«

»Je mehr wir kriegen, desto besser.«

»Mag sein, aber in diesem Fall könnte man auch sagen: Je weniger sich das Schwein wie ein Schwein benimmt, desto mehr Speck setzt es an. Wir können es laufen lassen, bis wir eine Menge zusammen haben, und können es mit hundert ins Holzfaß füllen. Aber dann trocknet es aus und wird schwächer, und schwaches Zeug läßt sich nicht verkaufen. Und je schwächer es ist, desto langsamer wirkt die Holzkohle. Wenn wir's stark abfüllen, kriegen wir in einem Monat Farbe, Geschmack und Reife, jedenfalls genug, daß es sich noch mit normalem Sprit mischen läßt. Aber bei hundert können wir ein Jahr lang warten, und wir hätten immer noch nichts, was man uns für Geld abnimmt. Je länger wir es hier lagern müssen, desto mehr Fässer brauchen wir und desto länger warten wir auf unser Geld.«

»Und auf das Geld bin ich gerade scharf.«

»Dann paß auf, daß das Zeug nicht zu schwach wird.«

»Nun ja, jedenfalls können wir jetzt etwas Musik machen.«

Sie hatte inzwischen ein kleines Radio mit heraufgebracht und schaltete es an. Ich hatte nichts dagegen, denn es würde ein langer Tag werden, während wir den dünnen Strahl am Ende des Spießes beobachteten.

»Und was trinken.«

»Du meinst das hier?«

»Klar.«

Sie stieg hinauf zu der Wanne, in die die Quelle hineinlief, und holte eine Flasche Coca-Cola heraus und den Blechbecher, den wir dort aufbewahrten. Als sie wieder unten war, goß sie aus dem Obstglas in den Becher, gab einen Schuß Coca-Cola zu und hielt ihn mir hin.

»Da, probier mal! Schmeckt gut.«

Kein Mensch lebt sein Leben lang in den Bergen, ohne daß er auf die Dauer über Whisky Bescheid weiß, aber es war das erstemal, daß ich selbst ihn probierte. Er schmeckte zuerst wie Coca-Cola, aber dann war es doch ein gutes Gefühl, und ich hätte gern noch einen Schluck genommen. Unterdessen hatte sie den Becher aber schon wieder zurück und setzte zum Trinken an, und da hab ich ihn ihr aus der Hand geschlagen. »Hier wird nicht getrunken!«

»Ich trinke, wann ich will.«

»Das tust du nicht!«

»Würdest du mir bitte verraten, warum nicht?«

»Weil wir zu arbeiten haben, darum nicht! Nachher kommt's noch soweit, daß ich nicht mehr auf das Feuer achte, dann wird's zu heiß, und du glaubst ja gar nicht, wie leicht die ganze Anlage hier explodieren kann. Und später, wenn's dunkel ist, dann kommt ja erst das Wichtigste: Wir müssen die verbrauchte Maische hinunterschaffen, damit wir sie an die Schweine verfüttern können, sonst steht sie nachher überall hier herum. Und glaubst du, das könnten wir, wenn wir uns hier oben betrinken? Das steigt zu Kopf, wenn man genug davon trinkt. Ich weiß doch, wie so was zugeht. Ich hab's selbst gesehen. Und außerdem gehört es sich nicht.«

»Du glaubst wohl alles, was du in der Kirche hörst?«

»Ich glaube, was ich für richtig halte.«

»Na, dann in Gottes Namen!«

Denn mittlerweile liebte ich sie so, daß ich nur zu gern schwach geworden wäre und nur zu gern getan hätte, was sie vorhatte, aber meine Liebe machte mich auch stark, und ich wußte, daß ich es nicht tun würde. Aber mit Alkohol im Blut – was weiß ich, was ich alles tun würde, oder wozu sie mich bringen könnte . . .

»Hast du gehört, Kady? Wenn eins nicht in Frage kommt, dann das.«

»Ja, ich hab gehört.«

Kapitel

4

Und dann kam der Abend, wo wir nach Carbon City fuhren mit unseren ersten hundert Litern, verpackt in allem, was ich an Taschen, Säcken und Beuteln auftreiben konnte. Und doch hörte ich nichts als Glas, das Klirren übertönte sogar den Motor und die anderen Geräusche des Lieferwagens. Ich dachte jeden Moment, ich sterbe, und als sie mich dann allein ließ, nachdem ich den Wagen am Bahnhof geparkt hatte, da lief mir beim leisesten Geräusch, angefangen vom Zirpen der Grillen bis zum Klappern der Eisenbahnsignale, eine Gänsehaut über den Rücken. Endlich, nach langer Zeit, kam sie zurück mit einem Cafébesitzer, und der hatte eine Taschenlampe. Am liebsten hätte ich ihn angebrüllt, er soll das Ding ausmachen. Aber wir hatten uns so geeinigt, daß sie das Verhandeln übernimmt, und nun saß ich da und wischte mir den Schweiß aus dem Gesicht. Sie hatte viel zu verhandeln, und er leuchtete mit der Lampe auf eine Flasche wegen der Farbe, dann kostete er kurz und reichte die Flasche zurück.

»Kann sein, Schwester, daß es gar nicht so schlecht ist, aber das Zeug ist doch voller Karamel.«

»Na schön, geh ich eben ein paar Häuser weiter.«

»Schmecken Sie's denn nicht?«

»Was denn, soll ich's etwa auch noch vorkosten? Ich hab das Zeug selbst gemacht, Idiot! Die Farbe, die kommt von der Holzkohle, mit der ich das Faß angebrannt hab. Das weiß doch jeder Hornochse, wie so was gemacht wird. Sie haben wohl schon ewig keinen richtigen Schnaps mehr zu Gesicht gekriegt, was? Na gut, mir soll's recht sein. Dann gehe ich eben da hin, wo man noch einen guten Hochprozentigen zu schätzen weiß, mit dem sich ein herrlicher Verschnitt herstellen läßt und bei dem auch was dahintersitzt.«

»Was heißt schon hochprozentig?«

»Holen Sie Ihr Meßgerät!«

»Meins ist kaputt.«

»Ich hab eins mitgebracht.«

Sie holte das Meßgerät und ließ ihn ablesen.

»Und wenn Sie vielleicht glauben, das Ding geht falsch, dann probieren Sie doch mal einen kräftigen Schluck!«

Er nahm einen Schluck, und sie stand dabei und sah ihn so sündig an, daß mir schlecht wurde bei dem Gedanken – und so was gehört nun zu dir. Dann nahm er noch einen Schluck, und man konnte sehen, wie es wirkte.

»Was verlangen Sie dafür?«

»Zehn Dollar die Gallone.«

»Ich zahle Ihnen vier.«

»Na gut, dann versuch ich's woanders.«

»Halt! Moment noch! Darüber läßt sich doch verhandeln!«

Sie einigten sich auf sechs, und ich fuhr in die Gasse hinter seinem Lokal. Er ging hinein, um das Geld zu holen, und ließ die Flaschen hineintragen. Dann kam sie nach vorn und setzte sich neben mich.

»Komm, Jess! Das müssen wir feiern?«

»Was nennst du feiern?«

»Na, irgendwo hingehen und sich einen flotten Abend machen.«

»Was hast du dir dabei gedacht, den Kerl so anzusehen?«

»Du meine Güte! Ich wollte ihm Schnaps verkaufen!«

»Und was wolltest du ihm sonst noch verkaufen?«

»Was du wieder gleich denkst!«

Wir fuhren unter einer Brücke durch und hielten dann vor einem Café – das *White Horse* nannte es sich. Ich war noch nie in einem solchen Lokal gewesen, aber schon auf den ersten Blick wußte ich, es war eins von diesen Lokalen, von denen ich mein Leben lang gehört hatte, ein schlechtes Lokal. Die Beleuchtung war düster, auf einer Seite sah ich eine Bar, auf der anderen Nischen und in der Mitte eine Fläche, wo die Pärchen nach langsamer Musik tanzten. Die Musik kam aus einem buntbeleuchteten Kasten in der Ecke. Kaum hatten die

Gäste Kady erblickt, da begannen sie auch schon zu grölen, und ich hatte bald heraus, daß dies das Lokal war, wo sie gearbeitet hatte. Es war mir gar nicht lieb, daß sie sagte, sie hätte ihren alten Herrn mitgebracht, und vom Händeschütteln wollte ich schon gar nichts wissen. Wir setzten uns in eine Nische, und ich bestellte bei der Serviererin zwei Coca-Cola.

»Für mich Rum-Cola.«

»Zwei Coca-Cola!«

»Nun hör mir mal gut zu, Jess, ich will was zu trinken!«

»Wir gehen nach Hause.«

»Du kannst ruhig gehen, wenn es dir hier nicht gefällt. Ich finde schon jemanden, der mich mit nach Hause nimmt.«

Das saß. Sie brauche nur anzudeuten, daß sie von mir weggehen wollte, und ich hielt den Mund. Aber ich hatte eine Stinkwut im Bauch.

In der Nische nebenan saß ein Mädchen mit zwei Männern. Dem Reden nach waren es Grubenwächter, und als einer von ihnen mit dem Mädchen wegging, stand der andere auf und forderte Kady zum Tanzen auf. Sie stand auf und ging mit ihm an die Musikbox, und sie steckten die Köpfe zusammen, als sie die Münze einwarfen. Dann tanzten sie, und als das Lied zu Ende ging, tanzten sie zur Box hinüber, blieben stehen und warfen mehr Geld ein, mindestens ein Dutzend Münzen, eine nach der andern. Wenn dann ein Lied zu Ende war, dauerte es nur ein paar Sekunden, bis das nächste anfing, aber zwischendurch hörten sie gar nicht auf zu tanzen. Sie blieben auf der Stelle stehen, wiegten sich zu der Musik, die gar nicht mehr spielte, und wenn's dann wieder weiterging, legten sie los.

Ungefähr beim dritten Lied gaben sie dem Mann hinter der Bar ein Zeichen, und er machte ihnen Drinks zurecht, die sie im Vorbeigehen mitnahmen. Sie nippten kurz daran und ließen sie auf der Bartheke stehen. Ungefähr beim zehnten Tanz lagen sie mit den Gesichtern dicht beieinander und hatten ihre Drinks total vergessen. Dann hörten sie auf zu tanzen und flüsterten miteinander. Dann kam sie an meinen Tisch und nahm ihre Handtasche.

»Ich bin bald wieder da, Jess.«

»Wohin gehst du?«

»Spazieren. Ein bißchen frische Luft schnappen.«

»Du kommst mit nach Hause.«

»Klar. Dauert ja nicht lange.«

»Jetzt sofort!«

Der Mann kam heran und stellte sich zwischen uns.

»Warum denn die Aufregung, Opa? Immer mit der Ruhe, dann gibt's keinen Ärger!«

»Wissen Sie überhaupt, wer ich bin?«

»Sie sind Kadys Vater, sagt sie.«

»Und sie kommt jetzt mit mir nach Hause.«

»Nicht, wenn sie nicht will, Opa! Und wie sie mir gerade erzählt hat, hat sie Lust auf einen Spaziergang, und genau das werden wir jetzt machen. Also setzen Sie sich brav wieder hin und regen sich nicht auf! Trinken Sie was, und wenn wir dann wieder da sind, können Sie sie mit nach Hause nehmen. Vorher nicht!«

Er setzte seinen Hut auf. Es war einer von diesen schwarzen Filzhüten, wie sie die Banditen in den Bergen tragen, an einer Seite tief heruntergezogen. Er sah mich scharf an. Er war groß und hager, und ich hätte ihn leicht mittendurch brechen können, aber ich mußte dauernd an den Revolver denken. Die Grubenwächter laufen nie ohne ihre Waffe herum, und sie können damit umgehen und tun es auch. Ich fühlte, wie mir das Blut in den Kopf schoß, aber ich setzte mich hin. Er ging in seine Nische zurück und setzte sich ebenfalls.

In der Zwischenzeit hatte sie ihm irgendwas von der Toilette zugeflüstert und war rausgegangen. Ich saß da, und das Blut im Hals pochte immer stärker. Und dann ging die Tür wieder auf, und sie kam herein und ging auf seine Nische zu. Ich weiß nicht mehr, was ich gedacht habe. Aber sie war noch nicht ganz bei ihm, da sprang ich auf und riß die Trennwand zwischen unsern beiden Nischen nieder. Sie fiel krachend zu Boden, und da lag er, genau vor meinen Füßen. Ehe sie noch losschreien konnte, war ich schon auf ihm, und als der Revolver aus seiner Tasche herauskam, hatte ich ihn in der Hand. Ich schlug ihm das Ding über den Schädel, er sackte zusammen, ich zielte und drückte auf den Abzug. Aber ich hatte die Sicherung vergessen, und ehe ich das Ding noch entsichern konnte, hatten sie mich schon gepackt.

»Dieses Gericht wird ohne zwingenden Grund niemals einen Vater zum Verbrecher stempeln, der die Ehre seiner Tochter verteidigt. Aber es kann nicht über einen Akt von Hausfriedensbruch hinwegsehen, der sehr ernste und schwerwiegende Folgen hätte haben können. Tyler, Ihnen ist doch bewußt, daß nur das Einschreiten dieses Zeugen Sie daran gehindert hat, einen Menschen zu töten; daß Sie jetzt unter der Anklage des Mordes vor mir stünden; daß es dann meine unumgängliche Pflicht gewesen wäre, Sie vor das Große Schwurgericht zu bringen und daß Sie mit fast absoluter Sicherheit für schuldig befunden, verurteilt und gehängt worden wären?«

»Ja, Sir.«

»Und glauben Sie, richtig gehandelt zu haben?«

»Bestimmt nicht, Sir.«

»Wieviel Geld haben Sie in der Tasche?«

»Vierzehn Dollar, Sir.«

»Um es Ihnen einzuschärfen, daß man über eine solche Sache nicht einfach hinweggehen kann, zahlen Sie dem Gerichtsschreiber hier eine Geldstrafe von zehn Dollar zuzüglich Verhandlungskosten wegen ungebührlichen Benehmens. Oder möchten Sie lieber die nächsten vierzehn Tage im Gefängnis verbringen?«

»Ich möchte lieber zahlen, Sir.«

»Und Sie, Miss, wie alt sind Sie?«

»Neunzehn, Sir.«

»Haben Sie getrunken?«
»Ich . . . ich weiß nicht, Sir.«
»Was heißt: Sie wissen es nicht?«
»Nun, ich habe Coca-Cola getrunken, aber Sie wissen ja, wie es ist. Manchmal tun sie einem ein bißchen was hinein, nur so zum Spaß. Aber heute abend . . . also, ich weiß wirklich nicht, ob sie was reingetan haben oder nicht.«
»Beugen Sie sich zu mir herüber, damit ich Ihren Atem riechen kann . . . Wie können Sie es wagen, mir zu sagen, Sie wüßten nicht, ob Sie getrunken haben oder nicht? Sie sind ja jetzt noch halb betrunken! Habe ich etwa nicht recht?«
»Ja, Sir.«
»Ist Ihnen klar, daß das für eine Minderjährige schon ausreicht, um sie in eine Anstalt einzuweisen?«
»Das wußte ich nicht, Sir.«
»Es scheint noch sehr vieles zu geben, was Sie nicht wissen. Ich rate Ihnen dringend, kehren Sie um! Machen Sie einen neuen Anfang, und zwar sofort! Ich übergebe Sie der Obhut Ihres Vaters, und bei der ersten Beschwerde von ihm werde ich Sie in die Erziehungsanstalt einweisen. Haben Sie verstanden, Tyler? Sollte es noch einmal Ärger geben wie heute abend, dann greifen Sie nicht gleich zur erstbesten Waffe und fangen eine Schießerei an. Sie kommen zu mir, dann werde ich die notwendigen Maßnahmen ergreifen.«
»Ja, Sir, ich habe verstanden.«
»Der nächste Fall!«

Auf dem Heimweg lachte sie. Sie fand es komisch, daß er sie nicht gefragt hatte, wieviel Geld *sie* hätte, denn sie hatte noch die ganzen hundertfünfzig Dollar, die wir für unseren Sprit bekommen hatten, bis auf den letzten Cent. Aber als wir dann zu Hause waren, Feuer gemacht hatten, etwas gegessen und Kaffee getrunken hatten, da fuhr ich sie an:
»Willst du unbedingt in diese Erziehungsanstalt?«
»Du würdest mich tatsächlich hinschicken?«
»Wenn du nicht den Mund hältst, vielleicht.«

»Darf ich nicht mal mehr lachen?«

»Er hat recht gehabt.«

Und dann waren wir mitten im Gespräch, und ich versuchte ihr klarzumachen, wie sehr es mich beunruhigte, wie entsetzt ich war, daß ich beinahe einen Menschen getötet hätte. »Und du, schämst du dich eigentlich gar nicht?! Innerhalb von nur zehn Minuten dich zwei Männern an den Hals zu werfen?«

»Was gibt's denn da zu schämen?«

»Es steckt im Blut.«

»Nun komm mir bloß nicht wieder mit der Familiengeschichte der Morgans und all dem Zeug.«

»Das kommt nur von der Inzucht, laß dir das gesagt sein! Wir beide müssen da schwer aufpassen! Es steckt in uns drin. Und eigentlich müßten wir dagegen ankämpfen. Und was tun wir statt dessen . . .?«

»Ja, los! Sag's schon!«

»Wir tun nichts dagegen.«

»Na und – ist das so schrecklich?!«

»Schnapsbrennen und Schießen und um die Weiber herumscharwenzeln! Das kommt davon, wenn die Leute zu lange in einer einsamen Gegend zusammenhocken. Und ich dachte, so was kommt für mich nicht in Frage! Aber was hab ich gemacht? Schnaps hab ich gebrannt! Und heute abend hätte ich beinah einen Menschen erschossen!«

»Und heute nacht möchtest du mich aufs Kreuz legen, ja?«

»Hör auf, so zu reden!«

»Warum hast du ihn erschießen wollen?«

»Das solltest du eigentlich wissen!«

»Da mußt du mich aber schon jede Menge lieben.«

»Hör auf davon, hab ich gesagt!«

»Trinken wir was zusammen?«

»Nein!«

»Du wärst eigentlich eher ein Fall für die Erziehungsanstalt.«

Kapitel 5

Eines Abends, als ich mit dem Brennen fertig war, ging ich für mich allein ein Stück am Fluß entlang, und als ich bei der Kirche ankam, ging ich gleich noch weiter ins Tal hinein. Dann setzte ich mich mit dem Rücken an einen Baum und versuchte nachzudenken.

Wir hatten an dem Tag wieder mal miteinander gestritten. Jetzt, wo wir zu Geld gekommen waren, kaufte sie sich dauernd neue Sachen zum Anziehen, blaue und gelbe und grüne Kleider, rote Mäntel und Hüte mit Bändern an der Seite, und jeden Abend fuhren wir in die Stadt ins *White Horse,* wo man ihr zwar keinen Alkohol mehr ausschenkte, aber wir tranken zusammen Coca-Colca, und dann tanzte sie mit allen, die gerade da waren, und dann fuhr sie wieder mit mir nach Hause.

Aber tagsüber wurde sie immer schlampiger, und eines Tages, als es sehr heiß war, zog sie ihre Schuhe aus. An diesem Tag nun hatte sie gesagt, es wäre so heiß bei der Destille, daß sie's nicht mehr aushalten könnte, und dann hatte sie sich das Kleid ausgezogen und stand da in ihrer Unterwäsche – und das war auch nicht gerade besonders viel –, und dann fing sie zu tanzen an. Sie wiegte sich im Takt zur Musik aus dem Radio, eine Hand auf der Hüfte, und sah mich wieder mit diesem Blick an.

Nun ist es aber doch so: In einer Kohlengrube herrscht jahraus, jahrein dieselbe Temperatur, und das kleine Feuerchen, das ich da brennen hatte, änderte daran bestimmt nichts, schon gar nicht bei der guten Belüftung, die wir hatten. Also gab's wieder mal Streit. Sie mußte sich wieder anständig anziehen, und ich stellte die Musik ab.

Dann sagte sie:

»Jess, dieser Stollen hier hat doch etwas Komisches. Ist dir das noch nicht aufgefallen?«

»Was denn?«

»Wenn jemand hier drinnen über eine Frau herfällt, dann könnte sie nichts dagegen tun.«

»Oh, sie könnte beißen. Oder treten. Oder kratzen.«

»Was sollte ihr das wohl nützen?«

»Eine ganze Menge.«

»Aber nicht, wenn der Mann auch nur ein bißchen Kraft hat. Sie könnte sich die Lunge aus dem Hals schreien, und kein Mensch würde sie hören. Ich hab schon oft daran denken müssen.«

»Komisch, was manche Leute sich für Gedanken machen.«

Ich schickte sie nach Hause, wo sie einen Teil der liegengebliebenen Arbeit erledigen sollte.

Aber sie hatte mich ganz schön durcheinandergebracht, und ich war nah daran, den Kampf aufzugeben und auf ihre offenen Andeutungen einzugehen. Ich wäre sogar bereit gewesen, mich mit ihr zu betrinken, aber ich konnte sie noch eben rechtzeitig wegschicken.

Und dann habe ich mich entschlossen, diesen Spaziergang zu machen bis zur Kirche und weiter durch die Ortschaft Tulip, um mich wieder in die Gewalt zu bekommen und vielleicht auch, um ein bißchen zu beten, daß der Herrgott mir mehr Kraft gibt.

Und dann hörte ich durch die Bäume hindurch so etwas wie ein leises Wimmern. Und dann wieder, nur näher. Dann konnte ich auch erkennen, daß es ein Mann war, der den Namen Danny rief. Und dann lief mir mit einemmal ein Schauer über den Rücken, denn ich kannte die Stimme, ich hatte sie millionenmal in der Werkskantine, im Bergarbeiterlager und in meinem eigenen Haus gehört. Es war Moke, nur daß er diesmal nicht zum Banjo sang. Er war in Todesangst, und der Geifer stand ihm vor dem Mund, und er rief immer wieder den Namen, und zwischendurch stöhnte er und sprach leise mit sich selbst. Er stolperte auf seine Hütte zu, und ich schlich ihm nach und sah, wie er mit einer Kerze in der Hand in der Tür stehenblieb und noch ein paarmal den Namen rief.

Dann verschwand er in der Hütte, und ich kroch näher heran und äugte durch einen Spalt zwischen zwei Stämmen zu ihm hinein. Er war ja schon immer ein kleiner Mann gewesen, aber so klein wie jetzt war er mir noch nie vorgekommen. Er saß in einer Ecke auf dem Lehmfußboden, das Banjo lehnte neben ihm an der Wand. Er hatte den Kopf auf die Arme gestützt und schluchzte haltlos vor sich hin. Es schüttelte ihn so wild durcheinander, daß man geglaubt hätte, es zerreißt ihn.

Ich war selber ganz schön kribblig, denn wenn es einen Menschen auf der Welt gab, den ich haßte, dann ihn. Und nach allem, was Kady mir erzählt hatte und was ich noch von früher her wußte, war ich natürlich gespannt, was er wohl hier zu suchen hatte. Aber ich wußte, daß es irgendwas mit mir zu tun hatte. Und ich spürte auch gleich den Zusammenhang, als ich in mein Haus kam und aus dem Hinterzimmer das Schreien eines Babys hörte. Beim Geräusch der Tür kam eine Frauenstimme aus dem Hinterzimmer. Sie wollte wissen, ob es Kady sei. Ich sagte, es sei Kadys Vater. Dann kam sie heraus, und an ihrer hohen, dünnen Gestalt und an ihrem Gesichtsausdruck und an der Farbe ihrer Augen erkannte ich gleich, daß sie eine Tyler war.

»Du bist vermutlich meine Tochter Jane.«

»Und du bist mein Vater.«

Wir schüttelten uns die Hand, und ich tätschelte die ihre ein bißchen. Dann setzten wir uns, und beide wollten wir uns wohl einen Kuß geben, aber wir waren beide zu schüchtern.

»Darf ich Vater zu dir sagen?«

»Von mir aus.«

»Früher hab ich immer Daddy gesagt.«

»Das weißt du noch?«

»Oh, ich weiß noch so manches. Wie lieb du immer zu mir

warst und wie gern ich dich gehabt hab und wie groß du warst.«

»Willst du nicht lieber Jess zu mir sagen?«

»Ist das nicht ein bißchen frech?«

»Kady sagt einfach Jess zu mir, aber die ist ja auch sonst frech.«

»Das ist ja das Schöne an ihr.«

»Was?«

»Nun, alles.«

Sie hielt den Kopf zu Boden gesenkt, und man sah deutlich, daß sie über irgendwas schrecklich glücklich war, und dann sagte sie:

»Weißt du eigentlich von Danny?«

»Wer ist Danny?«

»Hat sie dir nichts gesagt?«

»Ist das Danny da drinnen, der schreit?«

»Das Schreien wird gleich aufhören, wenn er gefüttert ist. Kady ist mit dem Lieferwagen in die Stadt. Sie besorgt alles, was er braucht. Denn du hast ja nichts im Haus für ihn, höchstens Milch. Sie wird bald wieder da sein. Und wenn er erst ein bißchen was im Magen hat, dann ist er ein ganz süßes Kerlchen.«

»Was hat Moke mit ihm zu tun?«

»Hast du Moke gesehen?«

Ich erzählte ihr, was im Tal passiert war, und sie ballte die Fäuste und sagte:

»Der traut sich hoffentlich nicht hierher. Ich könnte ihn umbringen!«

»He, he! Wer wird denn so reden!«

»Moke hat Danny entführt.«

»Erst meine Frau, dann meinen Enkel!«

»Sag das noch einmal, Jess!«

»Er ist doch mein Enkel, oder nicht?«

»Ich war nur nicht ganz sicher, ob du es auch noch weißt.«

»Ich vergesse nicht so schnell.«

»Was Moke getan hat und wie ich ihm heute eins ausgewischt hab, das ist ja gerade das Schöne. Bis letzte Woche hat Danny mir gehört, weil Kady doch verschwunden war und meine Mutter auch nichts mit ihm anzufangen wußte. Und ich war glücklich. Weil ich doch wahrscheinlich nie heiraten werde, und so hatte ich wenigstens etwas, was mir gehört. Und dann, als ich eines Tages aus dem Geschäft nach Hause komme, ist er verschwunden gewesen, und Moke auch. Ich bin fast wahnsinnig geworden. Aber ich wußte, nur Moke konnte ihn mir weggenommen haben. Er war nämlich ganz verrückt mit ihm.«

»Was denn, Moke soll jemanden gern haben?«

»O ja, auch Moke weiß, was es heißt, einsam zu sein. Und da stand ich nun, halbverrückt vor Schmerz. Zuerst habe ich immer nur für Kady gelebt, und dann war sie plötzlich spurlos verschwunden. Ich hatte keine Ahnung, wo sie stecken konnte. Und nun hatten sie mir auch noch Danny genommen. Es war einfach zuviel für mich. Aber dann sagte meine Mutter, wenn Moke ihn entführt hat, dann muß er ihn ja wohl irgendwo hinbringen, und er hatte ja noch immer diese Hütte weit hinten im Tal. Vielleicht hatte er ihn dahin gebracht. Und dann hat sie mir aufgezeichnet, wie ich hinkommen kann, und ich bin mit dem Bus von Blount hergefahren. Und ich war noch nicht ganz bei seiner Hütte, da hab ich Danny schon lachen gehört. Und Moke hat ihm was auf seinem Banjo vorgespielt. Aber ich wollte es nicht auf einen Streit mit Moke ankommen lassen. Wenn er mir Danny wirklich nicht zurückgeben wollte, dann hätte er jedenfalls gewußt, daß ich ihm auf die Spur gekommen war. Und dann wäre er womöglich wieder mit Danny weggerannt – über alle Berge. Und wie ich da so lausche, höre ich, wie er zu Danny sagt, er müsse was zu trinken holen. Aber ich konnte sehen, daß er keinen Brunnen am Haus hatte.«

»Er holt sich das Wasser von einem Nachbarn.«

»Das hatte ich mir auch gedacht. Und richtig, da kommt er auch schon mit einem Eimer aus der Hütte und verschwindet über die Lichtung. Ich bin dann ins Haus und hab mir Danny gepackt und bin dann den Weg runtergerannt zur Straße, da hab ich mich von einem Mann auf seinem Karren mitnehmen lassen, der bis zur Bushaltestelle fuhr. Aber dann, als ich hier an diesem Haus vorbeikomme, wen seh ich da? Kady, und sie hängt draußen im Hof Wäsche auf die Leine! Jess, ich kann dir sagen, ich bin runter von dem Karren und zu ihr hingerannt. Und ich war wieder der glücklichste Mensch auf der Welt. Ich hatte meine beiden Lieblinge wieder, mein kleines Baby und meine Schwester, die ich geliebt habe, so weit ich zurückdenken kann.«

»Und wie denkt Kady darüber?«

»Sie ist überglücklich.«

Aber ich war nicht überglücklich, und wenn Kady es war, dann hatte sie mir jedenfalls was ganz anderes erzählt, als wir das letztemal über Danny gesprochen hatten.

Als sie dann mit all dem Zeug, das sie gekauft hatte, hereinkam, strahlten ihre Augen wie zwei Sterne, und sie ging geradewegs durch ins Hinterzimmer, ohne auch nur ein einziges Wort für mich zu haben.

Ich saß da und versuchte mir einzureden, alles wäre in Ordnung und genau, wie ich es mir immer gewünscht hatte. Wenn sie ihr Kind lieben und mit dem Trinken und Getue aufhören konnte, war es doch für alle Teile das Beste. Vielleicht, daß sie mich dann endlich in Frieden ließ und mich nicht länger zu Gedanken aufreizte, die ich mir nicht mal selbst eingestehen mochte und für die ich mich selber haßte. Aber es nützte mir nicht viel. Wenn sie ein Kind hatte und es haßte, das ließ mich dann den Vater vergessen, und ich mußte nicht dauernd daran denken. Aber wenn sie es nicht haßte, dann stand es zwischen uns, zwischen ihr und mir, für immer . . .

Ich saß da und hörte aus dem Hinterzimmer, wie Jane erklärte, wie man dieses mischen und jenes kochen muß, und bald darauf fing sie an, den Kleinen zu füttern, und er hörte auch auf zu weinen, und Jane fing an, mit ihm zu reden, was für ein hübsches Kerlchen er wäre ... und dann plötzlich saß mit einemmal Kady neben mir und nahm meine Hand.

»Willst du mein Baby sehen, Jess?«

»Lieber nicht.«

»Er ist aber ein hübsches Baby.«

»Das hab ich schon gehört.«

»Und er ist dein Enkel.«

»Ich weiß.«

»Du würdest mir eine große Freude machen, Jess.«

»Mir aber nicht.«

»Wenn du so darüber denkst, dann will ich gar nicht erst versuchen, dich umzustimmen. Ich geh mit ihm fort. Im Augenblick kann ich zwar nicht mit ihm nach Blount gehen – aus einem bestimmten Grund, aber er und Jane und ich, wir drei können ja im Hotel in Carbon wohnen. Dann fallen wir dir nicht mehr zur Last.«

»Ich hab nicht gesagt, daß du gehen sollst.«

»Wenn mein Baby nicht willkommen ist, bin ich's auch nicht.«

»Du hast dich sehr verändert, kann ich nur sagen.«

»Hat Jane dir nicht gesagt, warum?«

»Nicht daß ich wüßte.«

»Hat sie dir nicht erzählt, warum Moke den Kleinen entführt hat?«

»Sie hat gesagt, weil er sich einsam fühlte.«

»Er war verrückt auf Danny, ganz besonders nach seinem Streit mit Belle, kurz bevor ich weg bin. Er hatte Danny schon immer sehr gern gehabt, und als er dann herausbekam, daß man ihn wegholen wollte, da hat er ihn mitgenommen.«

»Wer hat Danny wegholen wollen?«

»Jane hat Wash getroffen.«

»Den Vater?«

»Hmm.«

»Oder vielleicht sollte man besser sagen: das Schwein.«

»Er ist kein Schwein.«

»Doch Schwein! Er hat dich sitzenlassen.«

»Sein Vater hat ihn dazu gezwungen. Und dann, vor einer Woche, ist Jane ihm auf der Straße in Blount begegnet. Und er hat sich nach mir erkundigt und nach Danny, und sehr freundlich ist er gewesen. Und dann hat Jane ihn gefragt, direkt ins Gesicht hat sie ihn gefragt, warum er mich nicht heiratet und dem kleinen Bürschchen einen Namen gibt und warum er sich benommen hat wie . . .«

»Ein Schwein.«

»Jedenfalls, Jess, was er gesagt hat, das war wirklich sehr nett.«

»So? Was hat er denn gesagt?«

»Er hat gesagt, das hätte er schon immer vorgehabt, sobald er einundzwanzig ist, ob es seinen Eltern gefällt oder nicht. Er ist doch erst zwanzig, Jess, ein Jahr älter als ich. Und jetzt, hat er gesagt, geben sie auch so ihre Einwilligung, auch wenn er noch nicht einundzwanzig ist. Da ist nämlich was Schreckliches passiert in seiner Familie. Seine Schwester, du weißt ja, die in die Kohlenfamilie in Philadelphia eingeheiratet hat, hat sich operieren lassen müssen, und jetzt kann sie keine Kinder mehr kriegen. Und nun wissen sie, wenn sie noch jemals Enkelkinder haben sollten, dann nur von Wash. Und da denken sie jetzt auf einmal ganz anders über Danny. Und . . . ich eben auch, Jess, ich schäme mich ja so, daß ich bisher so schlecht zu ihm war.«

»Na, dann ist ja alles in bester Ordnung.«

»Freust du dich denn überhaupt nicht, Jess?«

»Schwein bleibt Schwein, sag ich immer.«

»Freust du dich auch nicht ein bißchen für mich, Jess?«

»Kann ich nicht sagen.«

Tränen stiegen in ihre Augen, und sie saß da und kniff kleine Falten in ihr Kleid. Es war keins von denen, die sie sich neu gekauft hatte, sondern ein einfaches blaues Fähnchen, und sie sah viel kleiner und jünger und süßer darin aus.

Ich sagte, sie sollte ruhig hierbleiben, solange es ihr paßte, und ich würde dann eben nach Carbon ziehen, aber sie sagte, nein, sie ginge, und ich war richtig wütend auf mich, daß ich ihr das antun konnte, und trotzdem konnte ich meine Gefühle nicht verbergen.

Und dann war Jane auf einmal da und legte mir etwas in den Schoß, und was seh ich? Das liebste kleine Kerlchen, das mir je unter die Augen gekommen ist, guckt mich von unten an, rot und weich und warm und mit fast nichts an, nur eine saubere weiße Windel. Kady wollte ihn mir wegnehmen, aber ich hielt ihn fest und ging mit ihm zu einer Bank vor dem Feuer und setzte mich hin und drückte ihn fest an mich.

Und immer wieder spürte ich, wie sich etwas in mein Herz bohrte, und ich konnte meine Augen nicht von ihm losreißen und war so glücklich, daß er auch ein Stück von mir war ... am liebsten hätte ich vor Freude laut gesungen. Seine Windel verrutschte etwas nach unten, und ich erschrak fast zu Tode, als ich auf seinem Bauch ein braunes Insekt sah, wenigstens hielt ich es für ein braunes Insekt, genau unter seinem Bauchnabel. Ich griff mit den Fingern danach, aber Jane lachte.

»Das ist sein Muttermal.«

»Und ich hab es für eine Art Motte gehalten!«

»Es ist sein Schmetterling.«

»Hab ich einen Schrecken gekriegt!«

Sie gingen wieder mit dem Kleinen ins Hinterzimmer, aber ich rief Kady zurück.

»Ich nehme alles zurück, was ich gesagt hab. Er ist zum Fressen süß, der Kleine.«

»Aber wenn du lieber willst, daß ich gehe ...«

»Das würde ich nicht überleben.«

»Ich kann schon verstehen, wie dir zumute ist.«

»Aber ich verstehe mich selbst nicht mehr. Es ist alles wie weggefegt. Wie hab ich nur so gemein zu dir sein können? Ich will nie mehr mit dir knurren oder mir schlimme Gedanken machen! Ich will nur, daß du glücklich bist. Und wenn der Junge dich heiraten will, dann ist er auch kein Schwein, und ich will, daß du ihn heiratest.«

»Ich bin ja so froh, Jess.«

»Ich auch.«

»Und ich will immer deine kleine Tochter sein.«
»Und ich will immer dein Daddy sein.«
»Küß mich!«
Ich küßte sie, und sie küßte mich auch, und es waren nicht mehr diese heißen Küsse, nicht wie sonst. Es war ganz lieb und süß, nicht anders als Danny mich geküßt hatte, als sie ihn wieder ins Hinterzimmer gebracht hatten.

Kapitel 6

Warum sie nicht sofort nach Blount gehen konnte, erfuhr ich erst später von ihr. Eines Tages, wir saßen alle vier draußen unter den Bäumen, sah ich ein großes Auto den Fluß entlang von der Hauptstraße heraufkommen. Und dann gestand sie mir, daß sie dem Jungen ein Telegramm geschickt hatte, aber daß sie erst dann mit ihm gehen wollte, wenn er käme und sie holte.

Sie und Jane liefen rasch ins Haus, um sich ein bißchen fein zu machen, und dann war er auch schon da, ein großer, dunkelhaariger Junge in Slacks und blauem Sporthemd. Er war kein bißchen eingebildet, drückte mir rasch die Hand und ging um das Haus herum und sah sich alles an. Und dann sagte er, sein Onkel hätte genauso ein Haus wie ich, und er hätte früher jeden Sommer ein paar Wochen bei seinem Onkel verbracht.

Und dann erfuhr ich auch, daß sein Vater es zwar zum Bergwerksbesitzer gebracht hätte, daß seine Familie aber genau wie wir einfache Leute aus den Bergen waren. Daher also seine knochige Figur! Ich muß sagen, der Junge gefiel mir immer besser.

Als Kady dann nach draußen kam, und er sie in die Arme schloß, da mußte ich mich aus lauter Verlegenheit an meinem Schnürsenkel zu schaffen machen, sonst hätten sie die Tränen in meinen Augen gesehen. Und dann kam Jane mit

Danny auf dem Arm heraus, und der Kleine lachte und versuchte zu sprechen, und es war das erstemal in seinem Leben, daß er seinen Sohn sah. Er ging zu ihm, beugte sich über ihn, starrte ihn groß an, nannte ihn ›alter Knabe‹ und schüttelte ihm die Hand, als ob es sich bei dem Kleinen um eine neue Bekanntschaft handelte und der alles verstehen würde. Dann versuchte er, genau wie es mir passiert war, den Schmetterling zu verjagen, und wir alle lachten und tranken Coca-Cola und waren richtig freundlich miteinander.

Aber als die Mädchen dann ins Haus gingen, um das Abendbrot zu bereiten, sagte er, er müsse noch mal auf einen Sprung fort.

»Wenn du in die Stadt zurückfährst, fahre ich mit. Ich hab da noch einiges zu besorgen.«

»Nein, nicht in die Stadt. Ein Stück weiter flußaufwärts.«

»Wieso denn das? Da oben ist doch nichts mehr.«

»Doch! Ein Halunke namens Moke Blue.«

»Du kennst Moke?«

»Vom Ansehen. Kann auch sein, daß ich schon mit ihm gesprochen hab, aber die Hand geschüttelt hab ich ihm noch nie. Bis ich Kadys Telegramm bekam, hatte ich noch keinen Gedanken an den Burschen verschwendet. Aber seitdem geht er mir nicht aus dem Kopf. Meinen Sohn zu entführen! Ich werde dafür sorgen, daß er eingesperrt wird.«

»Du willst ihn selber festnehmen?«

»Ganz recht, Jess.«

»Ich komme mit.«

»Du meinst, wir beide sollen es gemeinsam machen?«

»Ich hol nur schnell meine Flinte.«

»Die brauche ich nicht.«

»Woher willst du das wissen?«

»Er hat keine Waffe, das weiß ich.«

»Aber er kann sich schnell eine beschaffen. Was glaubst du, der braucht nur einmal um Hilfe zu schreien, und schon sind achtzehn Brüder und Schwäger und Vettern von ihm da, und von denen hat wenigstens die Hälfte ein Gewehr.«

»Wenn wir ein Gewehr mitnehmen, Jess, bringe ich den Kerl um.«

»Dann lieber nicht.«

Wir stiegen in seinen Wagen und fuhren bis zur Kirche hinauf. Da stiegen wir aus und gingen zu Fuß weiter bis zum Ende des Weges und dann durch die Schlucht zu Mokes Hütte. Die Hütte war leer. In der Ecke lagen ein paar Bohnen, aber das wollte auch nicht viel besagen. Nichts deutete darauf hin, ob in den letzten zwei oder drei Tagen jemand dagewesen war oder ob er nur mal eben rausgegangen war und sofort wieder zurückkommen wollte, oder ob er weiter in die Schlucht hinein oder ins Tal hinuntergegangen war. Aber wie wir so dastehen und uns flüsternd unterhalten, hebt er plötzlich die Hand hoch, und ich schaue mich um. Durch ein Maisfeld genau unterhalb der Hütte schleicht ein junger Bursche und verschwindet im Wald auf der anderen Seite der Schlucht.

»Kennst du den, Jess?«

»Ed Blue. 'n Verwandter von Moke.«

»Der wird ihn jetzt bestimmt warnen.«

»Dann kommt er wieder zurück und behält uns im Auge.«

»Wenn wir die Zeit stoppen, wissen wir, wie weit er zu gehen hatte.«

Er nahm seine Uhr aus der Tasche, und wir warteten. Ich konnte den Blick nicht von ihm losreißen. Je länger ich ihn anschaute, desto besser gefiel er mir. Er sagte kein Wort, starrte immer nur auf die Stelle, wo der Junge zurückkommend wieder aufkreuzen mußte, und seine Augen hatten diesen entschlossenen Blick von uns Bergbewohnern. Und wenn er eine Woche lang auf diese Stelle starren müßte, er würde tun, was er sich vorgenommen hatte.

Nach einer halben Stunde tauchte der Junge wieder auf, und Wash stand plötzlich auf.

»Wir sind vielleicht ein paar Idioten, Jess!«

»Was haben wir denn angestellt?«

»Das Banjo ist nicht da!!«

»Na und?«

»Der Kerl tut doch keinen Schritt ohne sein verdammtes Banjo, und wenn er in der Hölle schmoren müßte! Komm!«

Die Hinterwand der Hütte hatte kein Fenster, aber da war ein loser Balken, den schoben wir nach draußen und krochen durch den Spalt. Dann schlichen wir in die Schlucht, die Hütte immer zwischen uns und der Stelle, wo der Junge in den Büschen hockte und meinen Hut nicht aus den Augen ließ, den ich im Eingang zur Ablenkung hatte liegenlassen. Es war kurz vor Sonnenuntergang, und die Moskitos wurden allmählich lebendig, aber wir hüteten uns, nach ihnen zu schlagen. Bald kamen wir dann auch an eine Stelle, wo Wash stehenblieb und sich umschaute. Er flüsterte mir zu, von hier aus könnten wir jedes Geräusch in der näheren Umgebung hören, weil Geräusche sich nämlich bergauf fortpflanzen.

Und tatsächlich, von dort oben hörte man alles mögliche, angefangen vom Rauschen der kleinen Stromschnellen bei der Kirche bis zu den Gesprächen der Leute in ihren Häusern und dem Singen der Vögel vor dem Einschlafen.

Und dann packte er mich plötzlich am Arm, und wir horchten. Und richtig, da war das Banjo. Wash stand auf, drehte sich erst in eine Richtung, dann in eine andere, dann bedeckte er eine Ohrmuschel, dann die andere, und bald hatte er die Richtung, aus der das Geräusch herkam, und wir setzten uns in Bewegung.

Und als wir ankamen, war da ein kleiner Steinbrunnen mit einem Rand darum und einem Eisenrad, und Moke saß auf dem Rand, den Kopf schräg zur Seite gelegt, das Banjo vor dem Bauch, und er zupfte eine traurige Weise, ganz anders als die lustigen Sachen, die er sonst immer spielte, und er sah furchtbar klein aus, überhaupt nicht wie ein ausgewachsener Mann, eher wie ein zusammengeschrumpftes, grauhaariges Kind.

Wash kroch um den Brunnen herum und von hinten an ihn heran, packte ihn am Hemdkragen und zerrte ihn mit einem

Ruck auf seine Seite hinüber, so daß Moke leise zu jammern anfing.

»Was hast du mit mir vor? Wash, was tust du hier?«

»Hat der Junge dir nicht gesagt, daß ich hier bin?«

»Woher soll er dich denn kennen? Er hat nur gesagt: Jess und ein Mann.«

»Ich bringe dich nach Carbon City.«

»Wozu denn?«

»Du kommst ins Kittchen! Für das, was du getan hast.«

Dann trat ich aus den Büschen hervor und sagte ihm, er soll mit seinem Geflenne aufhören und Wash sollte es kurz machen und nicht soviel herumreden. Denn auf dem Weg nach unten mußten wir an drei Häusern vorbei, und noch vier andere lagen weiter oben am Berg, die man zwar nicht sehen konnte, von wo aus man aber gut gesehen werden konnte, und wenn wir denen erst Gelegenheit gaben, zu merken, was hier draußen vor sich ging, dann konnte es uns leicht passieren, daß irgendwas plötzlich durch das Laubwerk auf uns zuflog. Wir schubsten und zerrten ihn zum Wagen hinunter. Wash setzte sich hinters Lenkrad, ich saß außen, und ihn nahmen wir in die Mitte.

Als wir bei meinem Haus ankamen, war der Tisch draußen unter den Bäumen gedeckt, ein paar Kerzen brannten darauf, und Kady und Jane standen am Fluß und hielten Ausschau, wo wir beide denn bloß abgeblieben waren. Und Wash rief Kady aus dem Fenster zu:

»Wartet nicht auf uns! Wir kommen wieder, sobald wir den Kerl hier eingebuchtet haben. Aber laßt das Zeug nicht kalt werden! Ihr braucht nicht auf uns zu warten!«

»Einbuchten? Wovon redest du überhaupt?«

»Hat er vielleicht nicht unsern Jungen entführt?«

»Er hat's doch nicht böse gemeint!«

»Aber es hätte Danny das Leben kosten können.«

»Wash, Moke ist mit meiner Mutter befreundet, und ihr geht's gar nicht gut, und vielleicht braucht sie ihn. Er ist doch sowieso nur ein armer Irrer, egal, was er gemacht hat. Am besten, wir vergessen das Ganze einfach und kümmern uns um unsere eigenen Angelegenheiten. Warum sollten wir den verrückten Kerl für fünf oder zehn Jahre hinter Gitter bringen, wo er überhaupt keinem mehr nützen kann?«

»Vielleicht bin ich gar nicht so verrückt, wie du glaubst!«

»Nun sag bloß noch, ein Stinktier stinkt nicht!«

Das war ich, der das gesagt hatte, und dann wandte ich mich an Kady und erklärte ihr, daß es eben Dinge gäbe, die man nicht so einfach vergessen kann, und daß Moke noch von Glück sagen könnte, daß wir ihn nicht einfach abgeknallt hätten, weil er nämlich nichts Besseres verdient hätte.

Aber während ich noch redete, sah sie mich die ganze Zeit so seltsam an, und dann sagte sie:

»Jess, du hast mir, solange ich hier draußen bei dir wohne, dauernd in den Ohren gelegen, daß es Dinge gibt, gegen die man ankämpfen muß, Dinge, die unrecht sind und die einem im Blut stecken. Ich kann dazu nur sagen, zu diesen Dingen gehört auch das ewige Nachtragen, wenn längst Gras über die Sache gewachsen ist. Dagegen sollten gewisse Leute auch ruhig mal ein bißchen ankämpfen. Und ich meine da ganz besonders Leute, die hier draußen einsam am Fluß leben und die nicht vergeben und vergessen können, wenn andere sich schon gar nicht mehr erinnern können, was es überhaupt zu vergeben und vergessen gibt.«

»Sollen wir ihn nun einsperren lassen, Jess, ja oder nein?«

»Fahren wir!«

Er hatte den Motor ausgeschaltet, aber nun ließ er ihn wieder an, und sie trat beiseite.

»Na gut, Wash! Aber du machst dir da viel Mühe für nichts.«

»Für nichts? Das sagst *du*?«

»Noch ist er nicht dein Kind.«

»Aber morgen ist er's.«

»Ich spreche nicht davon, was morgen ist. Ich spreche davon, was heute ist, und was war, als er entführt worden ist. Wenn sie mich fragen, werde ich nichts dazu sagen. Und wenn die Mutter das Protokoll nicht unterschreibt, dann ist nichts zu machen, wenn das Kind keinen Vater hat.«

»Kady, warum stellst du dich vor Moke?«

»Jess, bist du verrückt? Wer stellt sich denn vor Moke? Ich denke nur an mich selbst und an meinen kleinen Jungen, weil ja doch außer mir kein anderer an ihn denkt. Glaubst du vielleicht, ich will, daß das in die Zeitung kommt und daß es herauskommt, daß Danny ein Kind der Liebe ist, wie es so schön heißt? Und weiß der liebe Gott, was die Zeitungsfritzen sich sonst noch alles aus den Fingern saugen.«

»Das ist doch nichts für die Zeitung.«

»Eine Kindesentführung?«

Sie trat an das Wagenfenster und sprach zu Wash.

»Hast du mir nicht schon ohnehin genug angetan? Bloß, weil du unbedingt den Wildwestschurken spielen willst – ausgerechnet hier, in West Virginia?«

»Ich werde ihn dem Gesetz übergeben.«

»Nicht mal das kannst du, weil du keine blasse Ahnung hast, wie man so was macht!«

»So? Weißt du etwa, wie ich es sonst anfangen soll?«

»Du willst ihn in Carbon City abliefern, wo doch das Verbrechen in Blount verübt worden ist. Gott, bist du schlau! Aber dein Gesicht möchte ich sehen, wenn du mit ihm nach Carbon City kommst und sie dir sagen: Tut mir leid, mein Sohn, aber du bist hier auf der falschen Beerdigung! Gott ...!«

»Ach, halt den Mund!«

Für einen Moment hatte es sich angehört wie Stahl auf Stahl, aber jetzt waren sie nur noch wie zwei Kinder, die sich gegenseitig ausschimpften, und eh man sich's versah, lachten sie auch schon wieder, und er stieg aus, und sie nannte ihn einen jämmerlichen Dummkopf, aber es war kein Dampf mehr dahinter, und der Streit war begraben.

Ich stieg auch aus und sagte zu Moke, er solle sich zum Teufel scheren, und zwar dalli. Also klettert er raus und macht, daß er wegkommt. Und Wash, der rennt ihm nach und versetzt ihm einen Tritt, daß er der Länge nach hinschlägt. Er rappelt sich wieder hoch und fängt an zu schimpfen und zu fluchen, daß man meint, gleich steht ihm der Schaum vorm Mund.

Und dann kommt auch noch Kady und haut ihm eine rein und sagt, er hat noch mal Dusel gehabt. Er steht keuchend da, und eine Weile hat es so ausgesehen, als ob er etwas sagen wollte. Aber dann sagt er doch nichts. Jane hat ihm sein Banjo vom Rücksitz geholt, und er ist endgültig gegangen.

Aber was für harte Worte gefallen waren, eins gab es, das uns alle wieder miteinander versöhnte, und das war Danny. Als Jane ihn noch einmal einen Moment nach draußen brachte, bevor sie ihn ins Bett steckte, da lachten und scherzten wir mit ihm, und ich und Wash nahmen ihn abwechselnd auf den Arm.

Und dann – ohne daß einer von uns es geahnt hätte – dreht er sich plötzlich zu Wash hin, und statt zu lallen und zu stammeln wie sonst, sagt er ganz deutlich: »Wash!« und strahlt dabei übers ganze Gesicht.

Es war das erste Wort, das er überhaupt je herausgebracht hatte, und wir wußten vor Glück nicht wohin, wir wagten es gar nicht, uns anzusehen, und dann sagte er es auch gleich noch einmal, so als ob er richtig stolz auf sich selbst wäre.

Da plötzlich hörten wir ein Auto, und unten auf der Straße sehe ich den weißen Abschleppwagen von der Tankstelle an der Hauptstraße, mit dem der Mann hin und wieder mal jemand den Fluß heraufbringt, für fünfzig Cents.

Der Wagen hält, der Wagen dreht und fährt wieder ab, und wir alle stehen da und versuchen zu erkennen, wer da den Weg heraufkommt, ein kleines Bündel in der Hand.

Und dann trifft mich beinah der Schlag. Dieser komische Gang, drei schnelle Schritte, dann ein Wechselschritt . . . Das konnte nur ein Mensch auf der Welt sein. Es war Belle.

»Jess, was will denn die hier?«

»Ich glaub, ich schnapp über!«

Nach dem Abendessen verschwanden Kady und Wash mit dem Auto, und als Belle dann ins Bett ging, machte ich mit Jane einen Spaziergang am Fluß entlang.

Belles Ankunft hatte uns allen den Spaß gehörig verdorben, denn sofort ging es wieder los mit den zweideutigen Morgan-Witzen. Und wie sich die Frau angezogen hatte! Man kam sich vor wie in einer üblen Spelunke. Ich weiß auch nicht, was sie mit ihren Kleidern machte, aber sobald sie irgend etwas anzog, war es irgendwie nicht mehr sauber, und außerdem ließ sie viel mehr sehen, als man überhaupt sehen wollte.

Sie wollte nur Milch zum Abendbrot, und andauernd versuchte sie uns klarzumachen, daß sie Danny unbedingt noch mal sehen müßte, ehe Wash und Kady mit ihm weggingen. Aber wann sie weggehen und ob sie überhaupt weggehen würden, das wußte außer ihr anscheinend keiner von uns. Und was die angeblich letzte Gelegenheit betraf, Danny noch einmal zu sehen, mehr als einen Blick und einen Wink mit der Hand hatte sie für den Kleinen nicht übrig.

Zwischendurch schien sie mit ihren Gedanken immer wieder woanders zu sein, sogar ihre schmutzigen Witze waren flauer als sonst. Belle erzählte einen Witz immer dreimal: einmal, um ihn zu erzählen, einmal, um ihn noch mal zu erzählen, falls einer ihn nicht mitgekriegt hatte, und einmal, um sich vor Vergnügen selbst halbtot zu lachen.

Und als Jane ihr dann eine Schlafstelle im Vorderzimmer zurechtmachte und sie sagte, sie wollte sich doch lieber hinlegen, da hatte keiner was dagegen einzuwenden.

Wash hatte im *Black Diamond* Hotel in Carbon City ein Zimmer genommen, aber er wollte zuerst noch mit Kady über ihre Hochzeit sprechen, und darum waren die beiden mit dem Auto weg. Und Jane und ich, wir haben dann diesen Spaziergang am Fluß gemacht. Natürlich haben wir über Belle gesprochen; wir wurden nicht so richtig klug aus ihr.

»Sie ist ja mächtig dünn geworden, Jane. Sieht gar nicht mehr aus wie 'ne fette kleine Holztaube. Aber wenn man bedenkt, daß es achtzehn Jahre her ist, daß sie von hier weg ist, dann sieht sie gar nicht so übel aus.«

»Wenigstens bei Nacht nicht.«

»Natürlich, Kerzenlicht schmeichelt ja bekanntlich.«

»Das hat nichts mit dem Licht zu tun. Es ist das Fieber. Abends, wenn sie leichte Temperatur hat, dann leuchten ihre Augen, und sie hat rote Backen, und sie sieht ganz hübsch aus. Aber morgens, wenn das Fieber runter ist, dann sieht sie aus wie das heulende Elend. Ihr Gesicht ist ganz grau, sie hustet die ganze Zeit, und ihre Augen starren leer in die Ferne.«

»Und das alles kommt von der Schwindsucht?«

»Ja, sie ist ganz schlimm dran.«

»Das tut mir leid.«

»Aber was will sie hier?«

»Wenn du mich fragst, das hat nichts mit uns zu tun, und auch nicht mit Danny. Wenn du aus Belle klug werden willst, dann fängst du am besten mit Moke an, dann kommst du hin, wo du hinwillst.«

»Das kann ich mir einfach nicht vorstellen.«

»Dann hat sie sich aber schwer verändert.«

»Seit Dannys Geburt hat sich ihre Beziehung zu Moke verändert. Vorher hat sie sich den Teufel darum gekümmert, was Kady und ich von Moke halten, und die beiden haben sich gut vertragen. Aber seit Danny da ist, haben sie dauernd Streit gehabt. Es muß sehr viel mehr dahinterstecken, als sie ihrer Umwelt auf die Nase binden wollen.«

»Was denn zum Beispiel?«

»Das weiß ich auch nicht.«

Kapitel
7

Wie lange das schon so gegangen war, weiß ich nicht, aber mir kam es wie eine Ewigkeit vor. Diese Stimme draußen in der Nacht, die nur immer meinen Namen rief, und das Klopfen an der Haustür. Ich war nicht im Haus. Ich war ja im Stall und schlief in der Koje, die ich mir da zurechtgemacht hatte. Als ich dann endlich nach draußen kam, war Kady schon aus der Hintertür herausgekommen und ging nach vorn. Sie zündete die Karbidlampe an, die wir immer im Grubenstollen benutzt hatten, und als das Licht in die Dunkelheit fiel, erkannte ich Moke. Er jammerte und klagte, und der Speichel lief ihm übers Kinn.

»Kady, ich schwöre bei Gott, ich hatte keine Ahnung, daß sie hier in der Gegend ist. Ich hab sie erst erkannt, als ich sie abschütteln konnte. Sie hat versucht, mich umzubringen. Und dann hab ich ein Streichholz angemacht und das ganze Blut gesehen.«

»Was für Blut?«

»Aus ihrem Mund! Es schießt nur so heraus!«

»Du weißt doch am besten, was man tun muß, wenn sie so einen Blutsturz kriegt! Warum hast du denn nichts unternommen? Oder ist dir der Schreck so in die Glieder gefahren, daß du durchgedreht bist?«

»Ich hab sie liegen lassen, wo sie liegt. Auf dem Fußboden bei mir in der Hütte. Mehr hab ich im Moment nicht tun können. Und dann bin ich runtergerannt zu euch, um Hilfe zu holen. So schlimm wie diesmal hat sie's noch nie gehabt!«

»Es ist ihre Lunge, Jess.«

»Ich weiß. Ich hol den Doktor.«

»Nein, bring mich erst rauf zu Mokes Hütte, oder so weit, wie du's mit deinem Wagen schaffst. Dann fährst du nach Carbon City und holst einen Doktor. Am besten weckst du Wash auf und sagst ihm, er soll mit dem Hotelarzt kommen!

Aber das überläßt du ihm, hast du gehört? Du selbst kommst auf dem schnellsten Weg wieder zurück und besorgst die Hauptsache, nämlich Eis. Wir müssen sie in Eis einpacken, damit das Blut sich abkühlt und verklumpt. Die Blutung muß unbedingt aufhören. Also: jede Menge Eis! Wenn irgend möglich, gleich in kleinen Stücken, aber wenn's nicht anders geht, auch im Block. Daß du mir nur nicht wartest, bis sie's erst zerkleinert haben, verstehst du?!«

Und dann ging alles sehr rasch. Sie lief ins Haus, zog einen Mantel über und kramte in Belles Tasche nach all den Arzneien, die sie darin hatte. Ich ging zu Jane, die vom Fenster her alles mitangehört hatte, und sagte ihr, sie sollte auf jeden Fall mit Danny im Haus bleiben, egal, wie lange es dauern würde. Dann mußte sie mir helfen, Kadys Bett auf den Lieferwagen zu verfrachten, mit Laken und Decken, so wie es war. Denn Moke hatte in seiner Hütte doch nur den Lehmfußboden, und wenn wir sie auch auf keinen Fall anrühren durften, irgendwas zum Draufliegen mußte sie doch haben.

Inzwischen war auch Kady soweit und stieg ein und Moke auch.

Aber die ganze Zeit über mußte ich immer an etwas denken, was er gesagt hatte, und je mehr ich darüber nachdachte, desto weniger Sinn brachte ich in die Sache.

»Was hast du eben gesagt? Daß sie dich umbringen wollte?«

»Bist du taub oder schwerhörig?«

»Ich hab dich was gefragt!«

»Ja, sie ist heimlich zu mir reingekrochen, während ich dalag und schlief. Ich weiß auch nicht, woher sie gekommen ist. Eh ich noch richtig wach gewesen bin, merke ich, daß jemand mit dem Messer auf mich einsticht.«

»Ich seh aber nichts von Verletzungen.«

»Dann schau dir nur mal den Hund an!«

»Was für 'n Hund?«

»Der vom kleinen Ed Blue! Der rannte draußen herum, als ich nach Haus gekommen bin, und da hab ich ihn mit zu mir reingenommen. So hab ich doch wenigstens Gesellschaft gehabt. Er hatte sich ganz dicht an mich gekuschelt und schlief neben mir auf den Jutesäcken. Und er hat auch den ersten Stich abgekriegt, und vielleicht sogar noch mehr als einen. Wie eine Wilde hat sie um sich gestochen, und sie muß wohl gedacht haben, sie hätte mich erwischt, bis ich sie dann endlich abgeschüttelt hatte. Und dann lief ihr auch schon das Blut aus dem Mund.«

»Warum hat sie das getan?«

»Keine Ahnung.«

»Komm schon! Lüg mich nicht an!«

»Frag sie doch selbst!«

Aber dazu war überhaupt keine Gelegenheit, als wir endlich bei ihr waren. Ich hatte den Wagen mit zwei Rädern über den schmalen Fußpfad gelenkt und die anderen zwei über den grasbewachsenen Randstreifen rumpeln lassen, und so kam ich ziemlich nah an die Hütte ran.

Sie lag noch immer am Boden, aber inzwischen waren ein paar Leute aus dem Tal bei ihr. Sie hatten Laternen mitgebracht und waren doch tatsächlich dabei, sie aufzuheben und zu bewegen.

Dabei hatte Kady mir doch genau erklärt, das wäre so ungefähr das Schlimmste, was man ihr antun könnte. Ich sagte den Leuten also, sie sollen sofort damit aufhören und sollen lieber das Bett vom Wagen raufholen. Die Tür war zu schmal für das Bett, und darum stellten sie es draußen vor der Hütte auf. Den losen Balken, den Wash und ich herausgelöst hatten, benutzten sie als Unterlegekeil, damit das Bett nicht schief stand. Dann rollte Kady ein Bettlaken bis zur Mitte auf und legte es neben Belle auf den Boden. Den aufgerollten Teil schob sie unter Belle und rollte es dann auseinander. Und dann packten wir alle mit an und hoben sie sachte vom Boden aufs Bett.

Aber das Blut stand in einer großen Lache in der Hütte, und der tote Hund lag mitten in der Lache. Es war kein schöner Anblick. Und das Blut rann auf die Tür zu, und es stank, und es war eine große Schweinerei.

Also sagte ich erst einmal zu einem von den Männern, er soll den Hund hinausschaffen und begraben, und die andern sollten schon mal anfangen, das Blut aufzuwischen, aber dann meinte Kady, darum brauchte ich mich ja nun wirklich nicht zu kümmern, und ich sollte endlich losfahren und Eis holen.

Also bin ich, so schnell ich konnte, zu dem Hotel rausgefahren und hab Wash geweckt und ihm gesagt, er soll sofort einen Arzt besorgen und ihn zu Mokes Hütte bringen. Und zu dem Hotelportier hab ich gesagt, ich brauche Eis, aber fix, und der Mann ist ganz schön geflitzt. Weil ich nämlich vorsorglich meinen .45er umgeschnallt hatte, als ich zu Mokes Hütte raufgefahren bin. Und es geht doch nichts über einen Revolver, der einem an der Hüfte baumelt, wenn man den Leuten Beine machen will.

Der Rest der Nacht war wie ein wirbelnder Alptraum, wie man ihn hat, wenn man fieberkrank ist. Der Doktor gab ihr irgendwas zum Inhalieren, und Kady war damit beschäftigt, Bettlaken in Stücke zu reißen und Eisbeutel zu machen. Und immer mehr Leute aus der Nachbarschaft kamen herbei und standen herum und schauten zu und sprangen auch mal ein, wenn man Hilfe brauchte.

Was die Leute alles mitgehört hatten, als Belle und Moke sich in den Haaren lagen, bevor er zu mir heruntergerannt kam, das weiß ich nicht. Vielleicht hatten sie auch gar nichts davon mitgekriegt. Jedenfalls, als Wash mit dem Doktor ankam, war der Hund schon unter der Erde, das Messer war verschwunden, und kein Mensch sagte auch nur einen Ton, daß hier jemand versucht hatte, einen anderen umzubringen. Alles, was der Doktor vorfand, war eine Frau, die Blut spuckte, weil sie lungenkrank war.

Gegen Tagesanbruch brachte er das Bluten zum Stehen und machte sich auf den Heimweg. Aber vorher nahm er Kady beiseite, und Wash und ich rückten ein bißchen näher, um zu hören, was er ihr sagte.

»Sie sind Mrs. Tylers Tochter, Miss?«

»Ja.«

»Sie wissen, was das hier bedeutet?«

»Sie meinen, sie ist schwerkrank?«

»Wenn ich sie im Hospital hätte, könnte ich sie mit allem, was sie braucht, künstlich ernähren, und ich könnte auch ein paar Liter Blut in sie hineinpumpen. Später, wenn sie wieder einigermaßen bei Kräften ist, könnte ich einen Pneumothorax machen und sie noch ein paar Monate, vielleicht sogar Jahre, durchbringen. Aber hier kann ich das alles nicht durchführen, und wenn ich sie in die Stadt transportiere, stirbt sie mir, ehe wir da sind. Sie ist am Ende, es ist aus mit ihr. Es kann jeden Augenblick passieren, aber vermutlich wird es noch bis heute abend dauern. Ihre Temperatur ist auf 36,1 gesunken, und ich kann sie nicht hochbringen, weil das Eis unbedingt nötig ist. Die Temperatur wird jetzt allmählich bis 35,6 absinken, und dann plötzlich stark abfallen. Dabei fällt sie dann ins Koma, und dann ist es nur noch eine Frage von Stunden oder Minuten.«

»Wir haben es mehr oder weniger erwartet.«

»Holen Sie mich dann, und ich unterschreibe Ihnen die Papiere!«

»Ja, ich rufe Sie dann von der Tankstelle unten an der Hauptstraße an.«

Sie schaute in die Bäume hinauf, wachsbleich im Gesicht von dem schweren Blutverlust, aber Kady hatte ihr das Haar nett gekämmt und eine Schleife hineingebunden, und für einen kurzen Augenblick, als die Sonne heraufkam und die Vögel zu singen anfingen, sah sie aus wie damals, als ich sie zum erstenmal gesehen hatte, eines Abends in der Kirche, als ihr Vater gerade in die Stadt gezogen war, um im Bergwerk zu arbeiten. Auch sie hatte damals aufgeschaut, es war mitten in dem Lied: *Steht auf, steht auf für Jesus* gewesen, und ich hatte den Blick nicht mehr von ihr losreißen können, und eh ich noch wußte, wie mir geschah, hatte sie meinen Blick zurückgeworfen und mir sogar zugezwinkert. Schon im nächsten Monat hatten wir dann geheiratet, sie vierzehn, ich vier Jahre älter, das normale Alter für junge Leute aus der Bergarbeitersiedlung.

Es war wirklich komisch: nach allem, was seitdem passiert war, war sie immerhin erst neununddreißig.

Nach einer Weile streckte sie ihre Hand aus und nahm meine, ich saß nämlich dicht bei ihr.

»Jess, ich werde sterben.«

»Wir tun, was wir können.«

»Ich weiß, aber ich werde sterben.«

»Mir tut das alles furchtbar leid, Belle.«

»Mir nicht. Mein Leben war ein einziger Schlamassel, Jess.«

»Du hast dein Leben so gelebt, wie du's gewollt hast.«

»Nein, Jess, gewollt hab ich es so nicht, aber gefallen hat's mir so. Wir beide, du und ich, wir hätten glücklich miteinander sein können, weil wir uns geliebt haben, und was will man mehr. Aber ich hab alles kaputtmachen müssen, es steckt eben in mir drin. Alles mögliche hab ich an dir auszusetzen gehabt. Daß du in die Kirche gehst und alles glaubst, was du da hörst, und daß du immer alles so ernst nimmst und nie was trinken willst. Ich hab das alles damals für blühenden Unsinn gehalten, und als ich erst einmal auf den Geschmack am Alkohol gekommen war, da konnte ich dich kaum noch ausstehen. Gott, was hab ich damals für Dummheiten gemacht, Jess. Viel mehr, als ich dir jemals erzählt habe. Und dann hab ich mich auch noch mit Moke eingelassen. Zehn von meiner Sorte wiegen dich nicht auf, das hab ich immer gewußt, aber es war nichts zu machen, ich konnte nicht anders. Er hat mir immer diese komischen Lieder vorgesungen, und unten am Fluß haben wir uns heimlich getroffen und Apfelschnaps getrunken, und wenn ich dann nach Haus kam, konnte ich mich kaum gerade auf den Beinen halten und mußte so tun, als ob ich krank wäre, und vorher hatte ich immer Sassafraswurzeln gekaut, damit du nur nicht meine Alkoholfahne riechst. Und dann ich bin ja auch mit ihm weg.«

»Wenn er dich glücklich gemacht hat, freut es mich für dich.«

»Hat er aber nicht.«

»Vielleicht mehr als du ahnst.«

»Vielleicht war er schlimmer, als ich es mir vorstellen konnte.«

Sie machte die Augen zu, und ich dachte, jetzt kommt noch mehr, und vielleicht erfahre ich jetzt endlich, warum sie überhaupt hierhergekommen war, und warum sie Moke hatte umbringen wollen, und warum der den kleinen Danny entführt hatte, und alles andere, was in den letzten paar Tagen passiert war und wovon ich mir kein richtiges Bild machen konnte.

Aber sie fragte nur, ob sie Danny sehen könnte, und ich fuhr mit dem Lieferwagen runter zu meinem Haus, und sobald Jane ihn fertig angezogen hatte, haben wir den Kleinen zu ihr raufgebracht.

Sie hat ihn lange angeschaut und mit ihm gesprochen und seine Hand genommen und damit gespielt. Und die ganze Zeit hab ich ihn auf dem Arm gehalten, und ich war so glücklich wie noch nie zuvor in meinem Leben. Und sie muß das auch wohl gesehen haben, denn sie sagte dazu:

»Du hast den Kleinen gern, ja, Jess?«

»Gern haben ist überhaupt kein Ausdruck dafür.«

»Das mußt du auch. Ich will es.«

Dann fing sie zu husten an und sank in ihre Kissen zurück, und Kady kam schnell herbei für den Fall, daß es Schwierigkeiten gegeben hätte.

Aber was mir am meisten auffiel, das war Moke. Er saß im Eingang zu seiner Hütte und sah mich mit so haßerfüllten Augen an, ich glaube, so was von Haß habe ich mein Lebtag noch nicht gesehen.

Sie rief nach den Mädchen und nahm Abschied von ihnen; und als sie mit Kady sprach, ließ sie die Finger über ihr Gesicht gleiten und sah mit einem Ausdruck zu ihr auf, daß ich direkt einen Klumpen im Hals spürte. Es war ein wunderschönes Bild, und ich war richtig glücklich. Vielleicht war es verständlich, daß sie sich fremd geworden waren, aber es waren schließlich doch ihre Töchter, und jetzt, wo sie sterben mußte, zeigte sie noch einmal, daß sie die beiden liebhatte, und die Mädchen zeigten es ihr auch.

Und dann rief sie nach Moke.

Der hob nicht einmal den Kopf.

»Moke! Ich muß mit dir sprechen.«

»Ich hab dir nichts zu sagen.«

»Moke, ich muß sterben.«

»Dann stirb doch!«

»Moke, ich hab dich geliebt, und ich muß dich um etwas bitten. Es ist mein gutes Recht. Du mußt mich anhören!«

»Ich will aber nicht.«

»Willst du dann nicht wenigstens noch einmal für mich singen, Moke?«

Darauf sagte er eine Weile gar nichts. Dann ging er zu ihr, legte seinen Kopf auf ihre Schulter und ließ sich von ihr streicheln und sich etwas ins Ohr flüstern.

Ob er ihr noch einmal etwas vorgesungen hat, weiß ich nicht. Mit einem letzten Blick zurück sah ich noch, wie die beiden zusammenhockten, und ich lief zu meinem Haus hinunter zu Jane und dem schlafenden kleinen Danny.

Und dann kam Ed Blue auf einem Muli angeritten und sagte, es wäre soweit, wir sollten den Doktor rufen.

Kapitel 8

Es war später Nachmittag, als ich mit dem Doktor in Tulip ankam, und Kady war oben bei der Kirche. Wir beide warteten, während er weiter hinaufging, um den Tod festzustellen und zu bescheinigen, oder wie man das nennt, was sie da machen.

Nicht lange darauf kam ein Karren mit zwei Männern den Weg am Fluß herauf. Sie hatten eine große Werkzeugkiste aus dem alten Bergwerkstollen mitgebracht. Sie gingen ein Stück weiter den Berg hinauf zu einer Hütte, und bald hörten wir auch schon das Hämmern.

»Hörst du das, Jess?«

»Was haben die vor?«

»Sie machen einen Sarg.«

»Wer hat sie darum gebeten?«

»Moke, nehm ich an.«

»Was hat der damit zu tun?«

»Er sorgt für die Bestattung.«

»Er und wer noch?«

»Die Frauen hier, seine Verwandten. Gewaschen haben sie sie schon, und sobald der Doktor mit der Leiche fertig ist, wollen sie sie einsargen.«

»Komisch, daß sie mir kein Wort davon gesagt haben.«

»Warum sollten sie wohl?«

»Vor dem Gesetz war sie meine Frau.«

»Vor Gott war sie seine.«

»Er hat sich aber kaum danach benommen.«

»Sie haben ihren Streit begraben, worum es auch gegangen sein mochte. Er hat sie geliebt. Mag sein, daß er nur ein armseliges Exemplar von einem Mann ist, aber ich glaube, du hast kein Recht, dauernd an ihm herumzunörgeln, nur weil du ihn nicht ausstehen kannst.«

»Ich hab sie auch mal geliebt.«

»Früher mal, aber nicht heute.«

Drei Jungen kamen den Berg herunter mit ganzen Bündeln von Lorbeerzweigen für die Beerdigung, und Kady ging mit ihnen in die Kirche und zeigte ihnen, wo sie's hinlegen sollten. Ich kannte sie alle drei: Lew Cass, Bobby Hunter und Luke Blue, aber erst später ist mir aufgefallen, daß keiner von den dreien ein Wort mit mir gesprochen hatte.

Am Morgen kam Mr. Rivers, der die Trauerpredigt halten wollte, mit seinem Wagen bei uns vorbei, um uns zur Kirche raufzubringen.

Kady stieg ein, und Jane stieg ein mit Danny auf dem Arm, und dann wollte ich einsteigen.

»Moment, Jess! Von dir hat keiner was gesagt!«

»Ist denn das nötig?«

»Nun, ich weiß nicht.«

»Ich brauch keine besondere Einladung.«

Ich stieg ein, und er saß eine ganze Weile lang bewegungslos mit dem Lenkrad in der Hand, als ob er nachdächte. Schließlich fuhr er los.

In der Lichtung, oben bei der Kirche, standen schon ein paar andere Autos, und da parkte er auch seinen Wagen.

Die Mädchen stiegen aus mit dem Baby, und wir gingen das kurze Stück zur Kirche hinüber.

»Halt! Nicht so schnell!«

Ed Blue kam heraus mit drei oder vier anderen, und alle waren sie mit einem Gewehr bewaffnet.

»Kady und Jane und das Baby – in Ordnung! Aber Jess, der bleibt draußen!«

»Wer sagt das?«

»Moke.«

Kady und Jane sahen sich an, und nach einer Weile sagte Kady:

»Jess, ich weiß, es ist abscheulich von ihm, und wenn ich könnte, würde ich auf der Stelle mit dir umkehren. Aber sie ist meine Mutter. Ich kann sie nicht so einfach im Stich lassen.«

»Denkst du auch so, Jane?«

»Ja, Jess.«

»Dann bleibt mir nichts anderes übrig. Ich gehe. Aber Danny nehmt ihr nicht mit hinein. Dieser häßliche Zwerg hat ihn schon einmal gestohlen, und wer weiß, vielleicht hat er sich schon wieder was in den Kopf gesetzt. Ich nehme ihn mit nach Hause.«

»Das ist sicher das beste.«

Als ich mit dem Kleinen zu Fuß nach Hause kam, war Wash da und las in seinem Auto die Morgenzeitung.

»Na, die Beerdigung war wohl zu viel für ihn, was?«

»Für ihn nicht, aber für mich.«

Als er hörte, was passiert war, fluchte und tobte er und sagte, wir sollten beide mit einem Schießprügel raufgehen und reinen Tisch machen.

»Das geht doch nicht, Wash.«

»Warum nicht?«

»Erstens, weil es 'ne Beerdigung ist, und es gehört sich nicht, daß man mit 'ner Schießerei in eine Totenfeier reinplatzt. Und zweitens, wenn ich mich auf so 'ne Sache einlasse, muß ich von Danny weg, und dann werden sie sich an Danny halten, um mich zu kriegen.«

»Das hab ich total vergessen.«

Er marschierte am Fluß auf und ab und schnippte mit den Fingern, und es dauerte nicht lange, dann ging er ins Haus und kam mit meiner Flinte heraus.

»Keine Sorge! Ich tu nicht mehr als unbedingt nötig. Aber wir haben doch noch diesen Ausguck hinter seiner Hütte. Ich kann mich durch den Wald dorthin schleichen, ohne daß sie mich sehen. Und wenn er aus der Kirche nach Hause kommt, können wir da weitermachen, wo wir aufgehört haben. Ich nehme den Kerl fest und lasse ihn einsperren, genau wie wir's vorher vorhatten. Er hat anscheinend vergessen, daß er immerhin meinen Jungen gekidnappt hat. Und wenn es sein muß, dann bringe ich ihn eben nach Blount! Ich hab Zeit, den ganzen Tag! Und diesmal lasse ich mich von keinem aufhalten, auch nicht von dem Gerede, daß Danny keinen Namen hat. Der wird beizeiten einen Namen haben, und dann ist es ein Fall fürs Große Schwurgericht.«

Und er verschwand den Fußweg hinauf durch den Wald.

Aber als er wieder zurückkam, war er allein.

»Jess, weißt du noch, warum wir gerade die Stelle ausgesucht haben?«

»Weil man von da aus alles hören kann.«

»Und ich habe alles gehört. Jedes Wort, das der Prediger gesagt hat, und die Lieder, die sie gesungen haben, und jemand hat geweint. Und dann bin ich aus dem Versteck an den Rand der Schlucht gekrochen und hab nach unten geschaut. Ich hab sie alle gesehen. Wie sie aus der Kirche gekommen sind, und sechs Männer haben den Sarg getragen.«

»Den Sie aus einer gestohlenen Werkzeugkiste zusammengebastelt haben.«

»Ja, genauso sah er aus. An beiden Seiten hatten sie sich aus Seilenden Handgriffe gemacht, und dann haben sie den Sarg zum Friedhof hinter der Kirche getragen. Und dann hat der Prediger noch mal ein paar Worte gesagt, und sie haben den Sarg mit zwei anderen Seilen ins Grab hinuntergelassen. Dann hat sich die Gesellschaft aufgelöst, und ich hab die Flinte in Anschlag gebracht, denn Moke kam durch die Schlucht zu seiner Hütte herauf, allein. Aber Kady hat ihn noch einmal gerufen und ist zu ihm hingelaufen, um sich von ihm zu verabschieden. Er hat sie kaum beachtet. Er hätte gehört, sie wollte heiraten, sagt er, und sie würden sich ja dann bei der Hochzeit wiedersehen. Und sie sagt, sie wollte in der Stadt heiraten, in Carbon City, und das hatte selbst ich bis dahin nicht gewußt.«

»Ich auch nicht.«

»Sie wollte doch immer oben in der kleinen Kirche heiraten.«

»Bis daß sie mich rausgeworfen haben.«

»Wahrscheinlich. Na gut, sagt er darauf, dann würde er eben runterkommen und mit ihr zur Kirche fahren. Sie sagt, vielleicht ist nicht genug Platz für ihn. Dann fährt er eben mit dem Bus, sagt er. Und was glaubst du, was sie dann gesagt hat, Jess?«

»Ich höre.«

»Sie sagt: ›Moke, auf meiner Hochzeit will ich nur Freunde sehen. Du weißt, ich bin immer anständig zu dir gewesen, schon wegen meiner Mutter. Aber wenn du dich bei meiner Hochzeit sehen läßt, dann sag ich Jess, er soll mit dir dasselbe machen, was du heute mit ihm gemacht hast. Er soll dafür sorgen, daß du draußen bleibst, wenn's sein muß, mit dem Gewehr. Also, leb wohl und mach's gut! Aber von jetzt an komm mir nicht mehr unter die Augen!‹«

»Was hat er dazu gesagt?«

»Was hätte er sagen sollen?«

»Hat er's eingesteckt?«

»Er hat sich umgedrcht und ist zu seiner Hütte rauf. Und, Jess, vielleicht hältst du mich für einen feigen Hund, der den Schwanz einklemmt, aber mehr verlange ich nicht. Ich bin zufrieden. Du nicht?«

»Ja, ich auch.«

»Dann soll er sich zum Teufel scheren!«

»Wie sie schon gesagt hat, er soll uns bloß nicht mehr unter die Augen kommen.«

Wir gaben uns die Hand drauf, und er lief ins Haus, um die Flinte an den Nagel zu hängen, bevor die Mädchen zurückkämen und Kady merkte, was er vorgehabt hätte.

»Jess, bist du glücklich?«

»Zum erstenmal im Leben.«

»Ich auch, ich kann's noch gar nicht fassen! Darf man das eigentlich, wenn man am selben Tag seine Mutter beerdigt hat?«

»Warum denn nicht?«

»Vielleicht hat es erst so kommen müssen. Daß erst ein Abschnitt meines Lebens zu Ende gehen mußte, ehe ein neuer beginnen kann. Wenn ich nämlich wirklich etwas in mir habe, was ich bekämpfen muß, wie du immer gesagt hast, dann muß man nicht lange fragen, woher ich es habe. Wir haben es eben erst zu Grabe getragen. Und morgen fange ich ein neues Leben an. Mein zweites Ich. Und auch da braucht man nicht lange zu überlegen, woher es kommt. Ein bißchen was hab ich ja auch von dir, Jess. Wenn du mir auch nicht viel gegeben hast, Jess, nicht mehr als unbedingt nötig, um mich von der Straße zu halten und zu verhindern, daß ich auf die schiefe Bahn gerate. Du hast mir gezeigt, was wichtig ist im Leben und wie man darum kämpfen muß. Und wenn ich auch nur einem Menschen für irgend etwas dankbar bin, Jess, dann dir. Für das, was ich von dir geerbt habe. Und ich werde dir mein Leben lang dankbar sein.«

Sie legte ihre Hand in die meine, und der Mond hing über den Bäumen und ließ den Fluß wie ein silbernes Band aussehen.

»Ich hab dich lieb, Kady.«

»Und ich hab dich lieb, Jess. Und ich bin so stolz auf dich.«

»Ich seh's nicht gerne, daß du gehst, aber ich bin trotzdem froh.«

»Ich hab dich eine Menge Geld gekostet, Jess.«

»Ist ja nicht wahr.«

»Der Destillierapparat und das alles.«

»Also, wenn du mich fragst, wir haben gar keinen Destillierapparat da oben. Wir haben eine Menge Geld eingenommen, mehr, als wir ausgegeben haben. Ich habe Baumstümpfe gerodet, um mehr Mais anbauen zu können, und sie waren alle auf meinem eigenen Land. Also hab ich jetzt die neue Lichtung und kann sie bebauen. Wenn ich will, kann ich jederzeit meinen Viehbestand vergrößern, das nötige Bargeld dazu hab ich. Also, red mir nur nicht davon, du hast mich Geld gekostet! Schön, wir haben gegen das Gesetz gehandelt, aber wem hat es schon geschadet? Im Gegenteil, es hat allen nur genützt. Wir beide sind dadurch viel näher zusammengekommen, und wir sind glücklicher gewesen, als wenn wir uns nie begegnet wären und das alles nicht passiert wäre.«

»Magst du Wash ein bißchen?«

»Er ist ein feiner Junge.«

»Kommst du uns besuchen?«

»Jederzeit, wenn ich darf.«

»Und ob du darfst! Er mag dich nämlich auch.«

»Ich möchte, daß Jane zu uns herauskommt.«

»Ich auch.«

Wir gingen ans Fenster und riefen sie, und Jane zog rasch ein Kleid über und kam heraus, und da erst wurde uns auf einmal klar, daß es in Blount kein Zuhause mehr gab, jetzt wo Belle tot war und Moke nicht mehr dort lebte.

Und dann beschlossen wir, daß Jane ganz zu mir herausziehen sollte, das wäre doch wunderbar.

»Großartige Idee! Wenn ich hier draußen bei dir wohne, dann wird Kady uns den Kleinen bestimmt ab und zu überlassen, wenn sie nach Philadelphia fährt und ihre reiche Verwandtschaft besucht, und ich kann ihn versorgen, und du kannst ihm das Reiten beibringen.«

Sie lachte mich an, aber ich wollte davon nichts wissen.

»Nicht deshalb. Nicht wegen Danny. Nur deinetwegen, Jane. Und unsertwegen. Wir beide werden hier draußen sehr glücklich sein.«

»Aber manchmal darf Danny doch sicher auch herauskommen, ja?«

»Na ja, von mir aus.«

Und nun lachte auch Kady, und schließlich lachten wir alle miteinander. Und dann holten wir Coca-Cola und tranken und hielten uns bei den Händen.

»Über eins freue ich mich ganz besonders.«

»Worüber denn, Kady?«

»Daß die Hochzeit nicht in der Kirche da oben sein wird, wo wir heute die Beerdigung gehabt haben. Ich will versuchen, das alles loszuwerden. Ich hab mir eine hübsche Kirche ausgesucht, die Methodistenkirche in Carbon City. Die ist wirklich hübsch. Ganz aus grauem Stein, mit einem eckigen Turm davor. Da geh ich dann auch später immer hin.«

»So ist's richtig.«

»Und ich habe Blumen bestellt.«

»Was für welche?«

Jane war so aufgeregt, weil wir richtige Blumen aus dem Geschäft bestellt hatten, daß ihre Augenlider flatterten.

Und als Kady uns erzählte, daß wir den ganzen Innenraum mit Lilien ausschmücken wollten, da hab ich mich richtig gefreut. So mußte es sein, jawohl, ganz feierlich sollte es sein in dieser Kirche, und alles würde bestimmt wunderschön werden.

Kapitel 9

Ich war vor Morgengrauen auf den Beinen und besorgte das Füttern und Melken und Reinemachen. Dann zog ich meinen besten Anzug an, und wir alle setzten uns an den Frühstückstisch.

Danach hatte ich eine kurze Ruhepause, während die Mädchen zu arbeiten hatten. Sie mußten Danny fertig machen und sich selbst anziehen.

Dann kamen allmählich immer mehr Frauen aus der Nachbarschaft, flußauf, flußab, vorbei, und denen mußten wir immer erklären, daß Wash gegen Mittag die beiden Mädchen und Danny abholen kommt, daß ich mit dem Lieferwagen nachfahre, damit ich Jane zurückbringen kann, wenn Kady und Wash mit Danny ins Hotel gehen und sich umziehen, um dann später irgendwohin zu fahren.

Und dann gab es viel Hinundhergerede über die Blumen, die Wash mitbringen sollte. Ich selbst hatte mein Lebtag noch keine Blume im Knopfloch getragen, aber zu Kadys Hochzeit wollte ich es mir nicht nehmen lassen.

Ich kannte eine Stelle ein Stück den Fluß hinunter, am

Rande eines Waldes, wo wilde Rosen wuchsen, und machte mich auf den Weg dahin.

Aber ich war noch kaum von meinem Hof herunter, da sah ich oben am Berg, wie sich da etwas bewegte. Also, wenn Sie mich fragen, ich weiß nichts von einer Brennerei da oben, nie was gesehen und nie was gehört. Aber ich durfte die Sache nicht nur mit eigenen Augen sehen. In den Augen einer Amtsperson war ich vielleicht derjenige, der am nächsten bei dieser Stelle wohnt. Bestenfalls konnten sie annehmen, ich hätte das Zeug da oben eingebaut und dann total vergessen. Und wie ich mich kenne, hätte mich schon mein Gesicht verraten, wenn einer mich darauf angesprochen hätte.

Ich mußte wissen, wer das war, der sich da oben herumtrieb. Da oben, keine fünf Meter von der Schachtöffnung entfernt, hatte normalerweise kein Mensch was zu suchen; es gab weit und breit nichts, was einen Fremden anlocken konnte.

Ich sprang an einer Stelle auf ein paar Steinblöcken über den Fluß und hielt mich dicht an der steilen Wand, damit ich nicht gesehen werden konnte. Dann war ich auf dem Pfad, der zu dem ausgebauten Stollen führte, wo wir unsere Sachen hineingerollt hatten, nachdem wir sie mit dem Flaschenzug von der Straße nach oben transportiert hatten.

Ungefähr dreißig Schritt in den Stollen hinein stand eine Werkzeugkiste, wo ich Lampen, Wasser, Karbid, Bohnen in Dosen und auch Dynamit aufbewahrte, für den Fall, daß ich den Stollen hätte sprengen und durch den Schacht hätte verschwinden müssen.

Es war das erstemal, daß ich wieder hier oben war, seit Jane mit Danny zu uns gekommen war, und ich hätte mich am liebsten geohrfeigt, daß ich mich je auf diese Sache mit der Schnapsbrennerei eingelassen hatte. Die Maische, die ich zum Gären angesetzt hatte, verbreitete einen Gestank, daß es einem fast den Magen umkrempelte, und die Ratten waren von unserm Korn angelockt worden und rannten mich jetzt beinah um, als sie von den Behältern heruntersprangen und das Weite suchten. In einem Bergwerk werden Ratten nämlich nicht getötet, denn wenn mal irgendwas passiert, dann wissen die es eher als der liebe Gott und rennen zum Ausgang, und die Männer Hals über Kopf hinterher, und darum gelten sie als Freund und Helfer des Bergmanns. Aber trotzdem: Mir schlugen sie ganz schön auf den Magen – schlimmer noch als der Gestank.

Ich sah mich zuerst mal gründlich um, aber es war nichts zu sehen. Ich machte das Licht aus und stieg die Leiter hinauf. Dann stieg ich noch mal herunter und zog mir die Schuhe aus. Dann wieder die Leiter rauf, und als ich oben an der Schachtöffnung war, schob ich den Kopf vorsichtig heraus, denn möglicherweise war das da draußen irgendein Hilfssheriff, der nur darauf wartete, mich auf frischer Tat zu ertappen. Aber es war keine Amtsperson. Es war Moke. Und auf seinen Knien lag dieselbe Winchester, die Ed Blue mir erst einen Tag vorher unter die Nase gehalten hatte, als er mir den Zutritt in die Kirche verwehrt hatte.

Und die Stelle, wo er saß, war die einzige Stelle auf der ganzen Bergseite, von wo aus er die scharfe Biegung in der Straße einsehen konnte, die ich im Schneckentempo nehmen mußte, wenn ich zur Hochzeit in die Stadt wollte.

Ich hielt den Atem an, denn wenn der mich jetzt gesehen hätte, wäre ich die Leiter nicht mehr schnell genug heruntergekommen, und er hätte mir eine verpaßt.

Und dann blieb mir das Herz stehen, und ich wäre beinah in den Schacht gefallen. Es war nämlich heiß, und er hatte die Jacke von seinem Drillichanzug ausgezogen und saß mit bloßem Oberkörper da. Und jetzt sah ich, warum Belle sich mit ihm wegen Danny gestritten hatte, warum er den Jungen entführt hatte, warum er Wash haßte – und mir wurde so manches klar.

Unter seinem Nabel war der Schmetterling.

Als ich zum Haus zurückkam, standen die Mädchen beide mit Danny vor dem Haus, um sich von einer Frau zu verabschieden, die ein Stück weiter den Fluß hinauf wohnte.

Jane hatte ein Kleid an, Kady nur Schuhe und Strümpfe und Höschen und darüber nichts als eine blaukarierte Schürze, die sie rasch umgebunden hatte, um vors Haus zu gehen.

Ich wartete, während die Frau – Liza Minden hieß sie – ihnen erzählte, daß sie die Familie Blount schon gekannt hatte, bevor Washs Vater in den Besitz eines Bergwerks gekommen war, und wie nett die Leute waren und daß Kady sich bei ihnen bestimmt wohl fühlen würde. Und je länger sie erzählte, desto verrücktere Gedanken machte ich mir.

Ich nahm das Gewehr von der Wand und lud es und wartete weiter. Dann ging ich ans Fenster und brachte das Gewehr in Anschlag und nahm sie aufs Korn. Ich wollte sie mitten ins Herz schießen, diese verdorbene kleine Schlampe, die glatt zu ihrem eigenen Vater ins Bett gestiegen wäre, wenn er es zugelassen hätte, die schon mit dem Liebhaber ihrer Mutter im Bett gelegen hatte und die sich jetzt anschickte, einen Jungen zu heiraten, der mit dem kleinen Danny ebensowenig verwandt war wie eine Beutelratte.

Aber als der Lauf genau auf sie zielte, brachte ich es nicht über mich, abzudrücken. Ich ging aus dem Haus, weil ich sie nicht mehr sehen konnte, und meine Füße hoben sich hoch über den Boden, als ob ich einen Strick um den Hals hätte und schwebte.

»Jess, du bist ja verrückt!«

»Nein, Wash!«

»Jeder hat doch 'n Muttermal!«

»Ja, wenn das alles wäre, dann könnte ich glatt drüber wegsehen. Aber das ist nicht alles. Seit dem Tag, als Jane hierhergekommen ist und den Jungen in seiner Hütte gefunden hat, hab ich hin und her überlegt, warum er den Jungen wohl entführt hat. Und nicht nur ich, du auch und wir alle hier.

Seit dem Abend, als Belle hergekommen ist, frage ich mich, was sie da draußen gewollt hat. Und seit sie versucht hat, ihn umzubringen, frage ich mich, warum. Und nicht nur ich mache mir Gedanken darüber, du auch, und Jane auch, und alle andern hier auch. Nun gut, jetzt wissen wir's also. Er hat Danny entführt, weil Danny sein Kind ist. Weil es das gleiche Muttermal hat wie er. Das wußte Belle, und das wußte Kady. Aber Jane hat den Kleinen wieder zurückgeholt, und dann sieht Kady plötzlich die Gelegenheit, dich zu heiraten, wenn nur diese andere Sache nicht ans Licht kommt. Aber Belle, die kannte ihren Moke besser als wir alle zusammen. Und sie wußte genau, der würde bei der erstbesten Gelegenheit dafür sorgen, daß es herauskommt. Und weil sie sowieso nicht mehr lange zu leben gehabt hat, ist sie hergekommen, um ihm das Maul zu stopfen, auf die einzig mögliche Art und Weise. Und was, zum Teufel, heißt schon: Jeder hat 'n Muttermal? Wenn ein Kind und ein Mann beide so ein Muttermal haben, dann muß es einfach etwas bedeuten!«

Er saß auf der Bettkante in seinem Hotelzimmer, fein angezogen für die Hochzeit, nur sein Jackett hing noch über der Stuhllehne, mit einer Nelke im Knopfloch, und auf dem Stuhl standen zwei Schachteln mit Blumen.

Er steckte sich eine Zigarette an und rauchte eine ganze Weile schweigend. Dann sagte er: »Nun hör mir mal gut zu, Jess! Es kann einfach nicht wahr sein. Erstens gehört sie nicht zu dieser Sorte Mädchen. Und wenn, dann auf keinen Fall mit Moke. Der ist doch alt genug, um ihr Vater zu sein. Der ist doch beinah so alt wie du, Jess.«

»Neununddreißig ist er.«

»Bitte – mit so einem kann sie doch nichts angefangen haben.«

»Und ob sie das konnte!«

»Ausgeschlossen, Jess! Niemals!«

Er spuckte mir die Worte ins Gesicht mit einem mörderischen Flimmern in den Augen, und ich weiß nicht, wie es in meinen Augen ausgesehen hat, als ich ihm mit gleicher

Münze heimzahlte, aber es muß ihm wohl doch ein Licht aufgegangen sein, denn er wankte mit dem Rücken zur Wand und sagte nur:

»Um Gottes willen!«

»Meinst du, ich mach Spaß?«

Er steckte sich eine neue Zigarette an und dachte eine Weile nach. Dann sagte er: »Dann muß ich ihn umbringen, Jess.«

»Das werde ich nicht zulassen.«

»Das ist mir völlig egal.«

»Du weißt nicht, wo er steckt, und ich sag's dir nicht. Und selbst wenn du's wüßtest, du würdest nie allein hinfinden, ohne einen Führer. Und eh du einen Führer aufgetrieben hast, wenn es überhaupt einen gibt, ist er längst tot. Weil ich ihn nämlich auf dem Rückweg umlegen werde.«

»Und die ist die Mutter von meinem . . .«

Er brach ab und sah mich an. Und ich glaube, erst da ist es ihm in den Schädel gegangen, was das alles bedeutet, was ich ihm gesagt hatte.

»Ich hab also wirklich überhaupt nichts damit zu tun, ist es das, Jess?«

»Nicht soo viel!«

»Es sei denn . . .«

»Du bringst *sie* um. Das meinst du doch?«

Er gab keine Antwort. Er ging ans Fenster und schaute hinaus, aber das war genau das, was er hatte sagen wollen.

»Ich hab's schon versucht, Wash, aber ich kann nicht.«

»*Ich* kann!«

»Bei ihm ist das was anderes.«

Es läutete an seiner Tür, und er machte auf. Es waren sein Vater und seine Mutter.

Sein Vater war groß, wie er selbst, und hatte graues Haar und ein sonnengebräuntes Gesicht. Seine Mutter dagegen war rotbackig und hübsch und reizend. Sie ging zu ihm und küßte ihn und fragte, wo denn die Braut sei und ob sie nicht hier sei und wo das Baby sei, und eine Menge anderes Zeug wollte sie wissen.

Er sagte ihnen, wer ich bin, und beide gaben mir die Hand und sagten, sie hätten stark damit gerechnet, daß ich bei der Hochzeit dabeisein würde.

»Es gibt keine Hochzeit, Mam.«

»Was?«

»Tut mir leid, daß ihr die ganze lange Reise umsonst gemacht habt. Aber wir fahren sofort wieder nach Hause.«

Kapitel 10

Als ich in die Nähe der Kurve kam, hielt ich an und versteckte den Wagen hinter der alten Tankstelle. Ich nahm das Gewehr heraus und überquerte den Fluß über die Pfeiler der alten Brücke.

Auf der anderen Seite ging ich weiter flußaufwärts und hielt mich immer im Schutze der Steilwand außer Sichtweite von oben, bis ich an den Flußpfad kam. Dann schlich ich so geräuschlos wie möglich den Berg hinauf und erreichte schließlich den Stolleneingang. Ich ging hinein, machte die Werkzeugkiste auf, füllte die Lampe nach, steckte sie an und setzte sie auf den Boden. Ich schnitt ungefähr zwei Meter Zündschnur ab, wickelte sie auf und schob sie in die Tasche, zusammen mit einer Schachtel Sprengkapseln. In der anderen Tasche verstaute ich zwei Stangen Dynamit.

Dann ging ich tiefer in den Stollen. Am Schacht angekommen, legte ich Sprengstoff, Zündschnur und Kapseln auf einem Gerüst ab und stellte meine Schuhe, zum Schutz gegen die Ratten an einen Holzbalken festgebunden, daneben. Schließlich nahm ich mein Gewehr und kletterte die Leiter hinauf. Ich hob den Kopf vorsichtig aus der Schachtöffnung. Moke war der Sonne gefolgt und saß jetzt ungefähr zwei Schritt von der Stelle entfernt, wo er vorher gesessen hatte, aber etwas mehr in meine Richtung gewandt, was für mich nur günstig war.

Er aß mit seinem Messer Bohnen aus einer Büchse, und ich ließ ihn alles aufessen, erst dann legte ich das Gewehr an. Ich nahm seinen Schmetterling genau aufs Korn. Er sackte zusammen, als ich auf den Abzug drückte, und preßte die Hände auf den Bauch und strampelte wie eine Katze, wenn sie Papierfetzen von ihren Füßen schütteln will, und sein Atem ging schnell wie bei einem Hund im Sommer, nur daß es bei ihm wohl nicht von der Hitze kam, sondern vom Schmerz. Das war mir nur recht.

Ich trat aus meinem Versteck heraus, nahm sein Gewehr, das er zum Essen abgestellt hatte, und setzte mich vor ihn und sah zu, wie er sich vor Schmerzen wand.

»Du dreckiger Hurensohn!«

»Hallo, Moke!«

»Gott, das sieht dir ähnlich, Jess! Mich in den Bauch schießen und dann abhauen und mich hier krepieren lassen.«

»Oh, ich laß dich schon nicht allein hier! Wenn du weiter keine Sorgen hast. Ich kann doch nicht zulassen, daß die Bussarde da oben herumfliegen und jedem auf die Nase binden, daß hier was passiert ist.«

»Ins Herz konntest du wohl nicht schießen, was?«

»Ich schieße da hin, wo du's verdient hast.«

»Was soll das nun wieder heißen, verdammt noch mal?«

»Einmal hab ich dich entwischen lassen, weil ich dachte, ihr seid es nicht wert, du und die Frau. Aber jetzt bist du zu weit gegangen! Und ich werde dir zeigen, daß du die Finger von meiner Tochter zu lassen hast.«

»Deine *was*?«

»Du hast ganz richtig gehört.«

»Das soll wohl 'n Witz sein?«

»Ich hab genau auf den Schmetterling gezielt. So einen hat der kleine Danny doch auch, oder? Das ist doch die einzige Heldentat, die du je vollbracht hast! Einen armen kleinen Wicht in die Welt zu setzen, der dasselbe Muttermal hat wie du, ja? Aber das sage ich dir: nicht mit meiner Tochter! Keiner macht so was mit meiner Tochter und gibt hinterher noch groß damit an!«

»Kady hat nie was mit mir gehabt!«

»Die kommt auch noch dran – später.«

»Und Danny? Kommt der auch noch dran?«

»Der bleibt bei mir – trotz allem.«

»Du magst ihn wohl, den kleinen Danny, was?«

»Das geht dich einen verdammten Dreck an!«

»Und ob mich das was angeht! Jawohl, du wirst dir Kady vorknöpfen. Schlag sie mit dem Ochsenziemer, bis sie bewußtlos ist! Das paßt genau zu dir. Das hast du immer so gemacht, du mit deiner verdammten religiösen Heuchelei! Aber Danny, dem krümmst du kein Haar, o nein! Den behältst du bei dir und läßt ihn von Jane pflegen und hegen, weil du rein verrückt bist nach ihm. Was sie auch gemacht hat, Danny, der gehört dir. Kady, die ist ja nur 'ne Frau, und mit Frauen hast du nie umgehen können. Aber Danny, o ja, ich hab gesehen, wie du dich gestern mit ihm angestellt hast, da oben, als Belle im Sterben lag. So 'n verdammt hübsches Kerlchen hast du noch nicht gesehen, was? Der gehört dir, ja? Egal, was Kady auch gemacht hat. Der ist dein Enkel, ja? Denkst du, du verdammter, meuchlerischer Sohn einer Hündin. Nicht deiner! *Mein* Enkel ist er!«

»Was sagst du da?«

»Den Schmetterling, ja, den gibt's bei uns in der Familie. Aber nur die Männer haben ihn, verstehst du? Wenn das Kind ein Mädchen ist, dann springt er über auf den nächsten Jungen. Danny ist nicht dein Enkel, Jess, *er ist meiner*!«

Er stützte sich auf einen Ellbogen und schob sein Gesicht dicht an meins heran. Dann fiel er vor Schmerz wieder zurück und hielt beide Hände vor seinen Bauch und preßte die Beine gegen die Hände.

»Großer Gott! Das ganze Zeug kommt mir aus dem Bauch!«

»Was redest du da?«

»Hol den Arzt! Das Zeug kommt mir mit dem Blut aus dem Bauch!«

»Pfeif auf das Zeug! Rede!«

Ich stand auf und holte mit dem Fuß aus, um ihm vor die Hände zu treten, aber er fing laut zu schreien an und sagte, er will ja reden, wenn ich ihm bloß etwas Wasser hole, sonst kann er's nicht mehr aushalten.

Ich stieg die Leiter hinunter, schöpfte einen Eimer voll Quellwasser, zog mir die Schuhe wieder an und kam herauf.

Der Schweiß stand ihm im Gesicht, als ich den Becher füllte und ihm zu trinken gab. Er nahm ihn mit einer Hand, und dann fing er an zu kotzen.

»Meine Hand ist voll von dem Zeug, und es stinkt!«

»Hier!«

Ich hielt ihm den Becher und ließ ihn den Mund ausspülen und drei oder vier Becher voll trinken. Dann schüttete ich ihm das Wasser über den Bauch, um das Zeug und das Blut und die Fliegen abzuwaschen, die darauf saßen.

»Und jetzt spuck's aus! Ich hab dich was gefragt! Und zwar Tempo!«

»Ich hab dir alles gesagt.«

»Danny ist also dein Enkel?«

»Da kannst du Gift nehmen! Wir haben es selber nicht gewußt, Belle und ich, zwanzig Jahre lang nicht, daß Kady unsere Tochter ist. Bis dann Danny kam, und wir den Schmetterling gesehen haben. Da haben wir's dann gewußt.«

»Dann hat also Belle mich auch schon betrogen, bevor sie weggegangen ist.«

»Kein Wunder, so wie du sie behandelt hast, warum nicht?«

»Ich hab sie geliebt. Was wollte sie mehr?«

»O ja, du hast sie geliebt! Wenn sie jeden Sonntag dreimal brav in die Kirche gegangen ist, jeden Abend gebetet hat und die übrige Zeit mit deinem sauertöpfischen Gesicht zufrieden gewesen ist, dann hast du sie geliebt. Nun ja, sie jedenfalls hat mich geliebt. Weil sie nämlich für jeden Spaß zu haben war, und ich, ich hatte ja mein Banjo.«

»Tolle Sache, so ’n Banjo, ja?«

»Für Belle ja. Und ob sie dich betrogen hat!«

Er wollte mehr Wasser, und ich gab ihm was, und er fluchte und schimpfte auf mich und belegte Kady mit allen schmutzigen Schimpfwörtern, die ihm einfielen.

»Sie hat Danny gehaßt, jawohl, gehaßt hat sie ihn, weil sein Vater sie hat sitzenlassen. Und sie war ja schon immer so stolz und hochnäsig, daß es ihr einfach nicht in den Schädel wollte, daß sie ein Mädel ist wie jedes andere auch. Aber ich hab ihn geliebt.«

Und dann, nach einer Weile:

»Belle ist ganz verrückt gewesen vor Angst, ich könnte es Kady auf die Nase binden, wer wirklich ihr Vater ist. Denn dann hätte Kady sie dafür gehaßt. Und darum ist sie eines schönen Nachmittags mit dem Bus hier raufgekommen und wollte mich umbringen. Wäre es morgens gewesen, hätte sie das nie getan. Ihr Fieber, das wurde nämlich immer schlimmer, je länger sich der Tag hinzog. Sie ist beinah übergeschnappt davon. Und als sie dann an dem Abend zu mir auf die Hütte gekommen ist, da hab ich gleich gewußt, sie wird sterben, und ich hab mir gedacht, wartest du ab, bis alles vorbei ist, und dann kommst du raus mit der Wahrheit. Was hatte ich denn sonst vom Leben gehabt? Warum sollte ich den Mund halten? Was kümmern mich Kadys Gefühle? Hat sie sich je darum gekümmert, was *ich* fühle? Aber Belle, die hat genau gewußt, womit sie mich kriegen kann. Sie hat mich zu sich gerufen, kurz vor ihrem Tod, und du und Kady, ihr wart ja schon weg mit dem kleinen Danny. Und dann hab ich ihr versprechen müssen, daß ich nie etwas zu Kady davon sage. Und ich hab’s ihr natürlich versprochen. Ich hab alles aufgegeben, wofür es sich zu leben lohnt, nur um einer sterbenden Frau, die ich geliebt hab, einen Gefallen zu tun. Aber ich hab’s mir geschworen: Wenn ich schon nichts davon haben sollte, dann du auch nicht. Oder sollte ich vielleicht zusehen, wie du mit etwas glücklich wirst, was mir gehört? Und da hab ich mir von Ed Blue das Gewehr geben lassen, und glaub mir, Jess, ich hätte dich umgelegt. Das ist das einzige, was mir leid tut, daß du mich zuerst erwischt hast. Aber bei Gott! Du sollst es auch nicht haben! Daß ich dir nichts sagen werde, hab ich nicht versprochen, und jetzt hör mir gut zu: Danny hat nicht einen einzigen Tropfen Tyler-Blut in seinen Adern. Und wenn du das je geglaubt hast, hast du dich nur lächerlich gemacht! Komm her, du heuchlerischer, winselnder Bastard, komm näher, daß ich dich anspucken kann!«

Ich zog ihm die Jacke über, kreuzte ihm die Arme hinter dem Rücken und band sie fest zusammen. Dann benutzte ich die gekreuzten Arme als Griff und schleppte ihn hinter mir her.

»Hör auf! Das tut weh!«

»Nicht mehr lange.«

»Wo willst du mit mir hin?«

»Wirst schon sehen.«

Ich zerrte ihn zum Schacht, und als er sah, was ich vorhatte, fing er an zu schreien. Ich warf ihn rein, und er schrie, bis er unten war. Als er aufschlug, hörte es auf. Ich warf sein Gewehr hinterher und trat einen Schritt zurück, falls es losgehen sollte. Aber es passierte nichts, und so nahm ich mein eigenes Gewehr und kletterte hinunter.

Er lag unten am Boden, ein Haufen gebrochener Knochen, neben der gemauerten Feuerstelle von meinem Destillierapparat.

Ich rückte ihm die Jacke zurecht, steckte die Lampe an und zerrte ihn in den Stollen hinein. Am ersten der alten Nebeneingänge bog ich ab und schleppte ihn weiter zu den schartigen Felsbrocken, die von oben heruntergefallen waren. Es war das schwerste Stück Arbeit meines ganzen Lebens.

Aber es war auch ein gutes Gefühl, zu wissen, daß er tot war, daß ich ihn getötet hatte und daß ich ihn dahin schaffen würde, wo ihn kein Mensch je finden würde, und die ganze Welt würde vergessen, daß er je gelebt hatte.

Ich schleppte ihn wenigstens sechzig Schritt weit. Dann

kam ich an eine Senke, und da warf ich ihn hinein. Ich ging zurück zu dem ausgebauten Stollen, weiter bis zum Schacht, holte einen Eimer, kratzte ein paar Händevoll Dreck zusammen und vermischte ihn in dem Eimer mit etwas Wasser zu einem zähen Schlamm. Dann nahm ich meine Zündschnur, die Kapseln und die Dynamitstangen, steckte sie in die Tasche und ging mit all dem Zeug zurück zu der Senke.

An der ersten Blase, die von der Decke herunterhing, zwischen der Senke und dem ausgebauten Teil des Stollens, schnitt ich eine Stange Dynamit in zwei Hälften, klebte eine gute Handvoll Schlamm gegen die herunterhängende Decke und schob das Dynamit, zusammen mit einer Sprengkapsel und zwei Handbreit Zündschnur, hinein.

An der Blase zwischen der Senke und dem Stollenausgang brachte ich eine zweite Sprengladung an, diesmal aber mit doppelt so langer Zündschnur.

Dann ging ich wieder zurück, brannte die kurze Zündschnur an, sprang zur nächsten und brannte die an, und dann stellte ich mich hinter die Ecke, die zum Ausgang führte, und wartete.

Warum ich das so gemacht habe, ist einfach. Ich wollte, daß die beiden Ladungen nicht auf einmal losgingen, und außerdem konnte ich so feststellen, daß auch wirklich alle beide gezündet hatten.

Und richtig, da war auch schon die erste. Und dann traf mich beinah der Schlag, denn ich hatte das Gewehr ganz vergessen.

Ich raste zum Schacht zurück, nahm das Gewehr auf, und auf dem Rückweg lief ich seitwärts wie eine Krabbe, weil das nämlich die beste Art ist in einem niedrigen Stollen.

Aus dem Tunnel, wo die Sprengladung losgegangen war, kam dicker Rauch, trotzdem kroch ich ein Stück hinein und gab dem Gewehr einen kräftigen Stoß.

Noch ehe ich wieder in dem ausgebauten Stollenteil war, ging die zweite Ladung hoch, und der Druck warf mich glatt gegen die Stollenwand. Und dann war ich froh, daß ich noch einmal in den Stollen hatte hinein müssen, um das Gewehr zu holen.

Denn dadurch hatte ich mit eigenen Augen gesehen, was mir sonst mein Lebtag Sorgen gemacht hätte. Die Sprengladung hatte die Decke so weit einstürzen lassen, daß der ganze Stollen fest und dicht mit Steinbrocken zugestopft war, und zwar zu beiden Seiten von Moke. Der lag also nun ziemlich tief drin, und es hätte schon hundert Mann gebraucht, um da hineinzukommen, und die hätten es auch in vier Wochen nicht geschafft, selbst wenn sie genau wüßten, wonach sie überhaupt gruben.

Mister Moke Blue hätte genausogut auf dem Meeresgrund liegen können, da hätten sie ihn genausowenig wiedergefunden wie hier.

Als ich wieder unten am Fluß war, nahm ich die leere Patronenhülse aus dem Gewehr, warf sie ins Wasser und schob eine neue in die Kammer. Dann schnitt ich mir einen Zweig ab, schälte sauber die Rinde ab und zog ihn mit einem Fetzen von meinem Taschentuch durch den Lauf, um ihn zu reinigen. So war mit dem Gewehr nach dem Laden nicht mehr geschossen worden.

Dann ging ich zu meinem Wagen, warf das Gewehr hinten drauf und fuhr los in Richtung Blount, um Wash zu erzählen, was ich von Moke gehört hatte. Ich war schon halbwegs da, da dämmerte mir erst so richtig, was das alles bedeutete, wenn es stimmte, was er gesagt hatte.

Sie war nicht mehr meine Tochter!!

Kapitel 11

Ich schaltete die Scheinwerfer aus, fuhr wieder hinter die alte Tankstelle und versteckte den Wagen wie vorher schon einmal. Ich schlich geräuschlos die Straße hinauf und warf als erstes einen Blick in die Scheune und in den Stall. Das ganze Vieh war drinnen, aber es brüllte nicht und war ganz ruhig, und das hieß ja wohl, daß alle Tiere gefüttert und die Kühe gemolken worden waren.

Ich schlich weiter zum Haus und spähte ins Vorderzimmer. Dann ins Hinterzimmer, und da war Jane mit Danny auf dem Schoß, aber keine Spur von Kady.

Danny begann zu weinen, und als Jane sich über ihn beugte und ihn sanft schaukelte, sah ich, daß auch sie weinte.

»Armes kleines Ding! Immer hat man's auf dich abgesehen. Seit deinem ersten Erdentag hat man dich verstoßen und entführt und alleingelassen und herumgeschubst. Nicht weinen, mein Kleiner! Mach dir nichts draus! Ich bin ja da. Und ich werde immer für dich da sein und dich immer lieben, was auch deine Mutter oder dein Vater oder all die andern tun mögen.«

Ich bekam einen Klumpen in den Hals, aber ich ging rasch wieder hinunter zu meinem Wagen, stieg ein und fuhr in die Stadt.

In der Nähe des *White Horse* parkte ich den Wagen, ging an eins der Fenster und schaute hinein.

Da war sie, genau wie ich's mir gedacht hatte. Sie tanzte mit einem Mann, den ich vorher noch nie gesehen hatte, und ganz schön betrunken war sie, nach ihrem Aussehen zu urteilen.

Ich wischte mir am Jackett den Schweiß von den Händen und ging hinein. Ich beachtete sie gar nicht. Ich ging in eine der Nischen und setzte mich hin.

Als dann ein Kellner kam, bestellte ich was zu trinken, und

als er es brachte, nahm ich einen kurzen Schluck. Und es dauerte auch nicht lange, da spürte ich, daß sie neben mir stand.

»He! Das ist aber 'ne Überraschung!«

»Oh, hallo, Kady!«

»Was machst du denn hier, Jess?«

»Ich trink nur grad einen Schnaps und eine Cola.«

»Seit wann trinkst du denn?«

»Manchmal braucht man das eben.«

»Wann, zum Beispiel?«

»Na, zum Beispiel, wenn man eine Tochter unter die Haube bringen will, und sie läuft einfach weg und läßt einen im Stich, und man sitzt da in der Kirche, und sie sagt einem kein Wort, warum das alles – siehst du, dann hat man plötzlich das Gefühl, als ob man dringend was zu trinken braucht.«

»Du warst in der Kirche?«

»Wenn du so plötzlich auf und davon bist, warum sagt mir dann keiner was?«

»Ich bin nicht auf und davon gerannt.«

»Na, von mir aus, dann hast du eben woanders geheiratet!«

»Seh ich aus, als ob ich gerade geheiratet hätte?«

Ich ließ das besoffene Quatschen sein und sah sie zum erstenmal richtig an. Ich sagte, sie soll sich zu mir an den Tisch setzen, und bestellte ihr was zu trinken.

»Kady, da stimmt doch irgendwas nicht. Wir haben uns irgendwie mißverstanden. Ich bin den ganzen Nachmittag krank gewesen, weil du mich so einfach hast sitzenlassen, nach allem, was ich für dich getan habe. Aber wenn du nicht geheiratet hast, dann verstehe ich überhaupt nichts mehr. Was ist denn bloß passiert?«

»Fangen wir zuerst mal damit an, was mit dir passiert ist.«

»Mit mir? Gar nichts.«

»Du solltest doch mit deinem Lieferwagen in die Stadt nachkommen. Statt dessen verschwindest du sang- und klanglos, einfach so, und ich kann das dumme Gefühl nicht loswerden, daß das irgendwas mit dem zu tun hat, was mir passiert ist.«

»Hast du denn nicht gesehen, wie ich dir Zeichen gegeben hab?«

»Ich hab überhaupt nichts gesehen.«

»Ich bin nur eben raus und wollte mir 'ne Blume besorgen fürs Knopfloch, im Wald drüben auf der andern Flußseite. Und dann bin ich auf einem Stein im Fluß ausgerutscht und hab mir den Schuh verdreckt. Wär mir das an irgendeinem andern Tag passiert, hätte ich nichts drum gegeben. Ich hätte den Schuh schon irgendwie wieder sauber gekriegt. Aber für deine Hochzeit genügte das ja nicht. Ich wollte mir die Schuhe auf Hochglanz polieren lassen. Aber als ich dann zum Haus zurückkomme, steht ihr da mit Liza Minden zusammen, und ich hab gleich gewußt, wenn die mich sieht, werde ich sie vor einer Stunde nicht los. Und da bin ich dann einfach ins Haus und stell mich ans Fenster, so daß ich hinter ihrem Rücken bin und ihr mich nicht sehen könnt. Und ich hab dir noch zugewinkt, daß ich sofort in die Stadt fahre, nicht erst später.«

»Wenn das wirklich stimmt, dann hab ich jedenfalls nichts davon gemerkt.«

»Du hast direkt zu mir rübergeschaut und hast sogar noch genickt.«

»Warum hast du dein Gewehr mitgenommen?«

»Na, für alle Fälle.«

»Was für Fälle?«

»Na, hör mal! Nach dem, was sie gestern bei der Beerdigung gemacht haben, da mußte ich doch mit allerhand neuen Tricks rechnen! Außerdem war's ja keine große Mühe, das Gewehr eben hinten auf den Lieferwagen zu werfen. Da liegt es übrigens immer noch.«

»Hast du Wash noch gesehen?«

»Ich sag doch . . . Ich mußte meine Schuhe putzen lassen, und da gerate ich zufällig in den Friseurladen. Und da hab ich mir dann auch gleich die Haare schneiden lassen. Als ich fertig war, ist es schon stark auf ein Uhr zugegangen, und ich hab mir gedacht, jetzt wird er längst weg sein, und da bin ich direkt zur Kirche gegangen, um da auf dich und ihn und Jane zu warten. Als ich ankomme, ist kein Mensch da, aber ich hab mir nichts dabei gedacht. Ich hab mich hingesetzt und gewartet. Bis ich dann plötzlich angefangen hab, mir Sorgen zu machen. Und dann bin ich zu seinem Hotel und hab nach ihm gefragt.«

»Um wieviel Uhr war das?«

»So um zwei herum.«

»Und was haben sie gesagt?«

»Daß er schon weg ist, mit einer Dame und einem Herrn.«

An ihrem Gesicht konnte ich ablesen, daß sie mir tatsächlich Wort für Wort glaubte. Ich hielt den Mund und redete nur noch, wenn ich gefragt wurde, aus Angst, ich könnte es zu weit treiben.

»Du hast gedacht, das wäre ich gewesen?«

»Ich hab gedacht, ich wäre euch vielleicht nicht gut genug.«

»Es waren seine Eltern.«

»Ich weiß immer noch nicht, was nun eigentlich passiert ist.«

»Er ist nicht gekommen – ganz einfach.«

»Warum nicht?«

»Weiß ich's?«

»Er hat dich also einfach im Stich gelassen?«

»Ich weiß schon, wie's passiert ist. Natürlich, so ist es gewesen. Sie haben alles noch ein letztes Mal besprochen, sein Vater und diese gräßliche Mutter von ihm, und haben sich's wieder anders überlegt.«

»Hat er denn keinen eigenen Willen?«

»Er hält sie eben für eine wunderbare Frau.«

Wir tranken unsere Gläser leer und noch ein paar mehr, und sie saß da mit einem säuerlichen Lächeln auf den Lippen und stierte in ihr Glas.

»Das Leben ist doch komisch, was, Jess?«

»Wie's einem so mitspielt.«

»Aber was soll's, verdammt noch mal?!«

»Ich hab's nicht gern, wenn du fluchst.«

»Komm, wir tanzen!«

»Ich hab noch nie getanzt.«

»Ich zeig's dir.«

Aber viel brauchte sie mir gar nicht zu zeigen. Wir standen einfach die ganze Zeit mitten auf der Tanzfläche herum, die Arme umeinandergeschlungen, und wiegten uns im Takt zu der Musik und legten die Wangen aneinander, und manchmal machten wir auch ein paar Schritte.

Sie war ganz heiß um den Mund herum, und die Wärme breitete sich immer weiter aus, bis sich ihr ganzes Gesicht anfühlte, als ob sie Fieber hätte.

Ich schob sie langsam, Stück für Stück, immer näher an den Nebenausgang heran. Dann hob ich sie hoch, und wir tanzten draußen auf der Parkfläche weiter, und dann war es auf einmal nicht mehr Wange an Wange, dann war es Mund an Mund.

»Gehen wir in ein Hotel, Jess.«

»Ich hab Angst.«

»Wovor?«

»Dann müssen wir doch sagen, wir sind Mann und Frau.«

»Na und? Schämst du dich mit mir?«

»Ich hab mal gehört, wenn sie irgendeinen Grund haben, mißtrauisch zu sein, wenn der Mann zum Beispiel viel älter ist als das Mädchen, dann wollen sie die Urkunde sehen. Und wir haben doch keine.«

»Du bist ein komischer Kerl, Jess!«

»So? Was ist denn so komisch an mir?«

»Du bist noch immer derselbe alte fromme Heuchler.

Dauernd glaubst du, wir müssen gegen irgendwas ankämpfen, und doch suchst du dir immerzu was anderes als Vorwand heraus.«

»Nein, nein, ich hab mich geändert!«

»Deine Küsse zumindest.«

»Und ich selbst auch. Ehrlich!«

»Und du hast wirklich nur Angst?«

»Dabei brauchten wir eigentlich keine Angst zu haben.«

»Wie wollen wir denn das deichseln?«

»Wir könnten heiraten.«

Sie platzte laut heraus und bog sich vor Lachen, daß ich schon dachte, sie kippt mir um und ich muß sie zum Wagen hintragen.

»Jess, du solltest dich öfter mal betrinken, du bist wirklich urkomisch. Weißt du auch, daß wir gar nicht heiraten dürfen?«

»Warum nicht? Wir sagen einfach: ›nicht verwandt!‹«

»Aber doch nicht hier! Hier kennt mich doch jeder. Wo ich in dieser Spelunke hier als Serviererin gearbeitet habe. Und dich kennen sie doch auch! Von dem Prozeß, den wir hier hatten. Die ganze Bande war doch als Zuschauer dabei und hat uns gesehen, und vor allem die Leute von der Zeitung und vom Gericht, die haben uns doch alle gesehen.«

»Na schön, dann gehen wir eben nach Gilroy!«

»Muß man denn da nicht alle möglichen Fragen beantworten? Wer dein Vater ist und deine Mutter, und wo du geboren bist und das alles? Wen soll ich denn da angeben?«

». . . Nun, wie wär's mit Moke?«

»Was?«

Sie war plötzlich ganz nüchtern geworden. Sie sah mich an mit einem Feuer in den Augen wie bei einer Katze, wenn sich das Licht in den Augen spiegelt.

»Nun hör mir mal gut zu, Jess! Ich will nicht abstreiten, daß ich allerhand verrückte Dinge tun würde, um dich in meine Arme zu bekommen. Du siehst nämlich verflixt gut aus! Aber das nicht, nur nicht das! Daß du mir nur nicht damit kommst, hörst du! Es war schon schlimm genug, daß ich den Kerl dauernd um meine Mutter herumspringen sehen mußte. Aber wenn ich nun auch noch sagen sollte, daß ich seine Tochter bin, das wäre zuviel. Also, ich bitte dich, hast du gehört?«

»Ich hab gehört.«

»Warum denn auf einmal die schlechte Laune?«

»Ach, nichts!«

»Willst du mich?«

»Ich bin verrückt nach dir.«

»Willst du mich so sehr, daß du mich auch nimmst, wenn ich mit dir gehe und mich mit dir vor einen Priester hinstelle? Oder wirst du dann wieder mit deinem dummen Gerede anfangen – daß man das Böse bekämpfen muß und daß man Halleluja singen muß vor lauter Angst, daß dich nicht der Teufel holt?«

»Ja, ich will dich.«

»Kann ich dann nicht einfach ein paar Namen erfinden?«

Und dann war mein Mund wieder auf ihrem, ganz heiß diesmal, und ich dachte, mir springt das Herz aus der Brust. Denn jetzt wußte ich endlich, daß ich sie nie wieder loslassen mußte. Endlich gehörte sie mir.

Kapitel 12

Zwei Tage blieben wir in einem kleinen Hotel in Gilroy, und die ganze Zeit ging mir nicht aus dem Kopf, was wir sagen würden, wenn wir wieder heimkämen.

Auch sie muß wohl über einige Dinge nachgedacht haben, denn auf der Heimfahrt fing sie plötzlich an:

»Jess, wir behalten das für uns, ja?«

»Du meinst, daß wir verheiratet sind?«

»Na schön, wir waren betrunken und hatten es eigentlich nur als Scherz gedacht, und überhaupt, wir haben nicht gewußt, was wir tun. Jedenfalls können wir das dem Richter erzählen, wenn es soweit kommt, und vielleicht glaubt er's uns sogar. Aber wie wir's Jane sagen sollen, das weiß ich auch nicht. Und ihr möchte ich nicht weh tun.«

»Sehen wir uns überhaupt noch?«

»Das muß ich mir überlegen.«

»Ich kann nicht ohne dich.«

»Wir werden sehen.«

Als wir wieder zu Hause waren, tat ich so, als ob ich die ganze Zeit, die ich weg war, nach ihr gesucht hätte, und Jane war so froh, daß Kady wieder da war, daß ihr gar nicht der Gedanke kam, es könnte was faul sein an der Geschichte. Auch mir gab sie einen Kuß und freute sich auch, daß ich wieder da war, aber in Gedanken war sie doch nur bei Kady, und wie sich Kady freuen würde, daß sie Danny so gut verwahrt hatte. Und dann nahm sie Danny auf den Arm und sprach mit ihm, und der Kleine übte die paar neuen Wörter, die er inzwischen gelernt hatte, wenn es überhaupt richtige Wörter waren, denn ich stand dabei und kapierte nicht, was sie bedeuten sollten.

An dem Abend, ich hatte vorher erst noch die ganze Arbeit erledigt, die ich Jane für zwei Tage überlassen hatte, lag ich in meiner Koje im Stall, und da ging plötzlich die Tür auf, und es war Kady, im Nachthemd.

»Jess?«

»Komm rein, Kady!«

»Ich hab gesagt, ich könnte nicht einschlafen.«

Ich schlug die Decke zurück, damit sie darunterschlüpfen konnte, aber sie schüttelte den Kopf und setzte sich auf den Rand und schaute über meinen Kopf weg zum Fenster hinaus.

Nach einer Weile sagte sie: »Jess, was soll ich nur mit Danny machen?«

»Na, du könntest ihn fressen, süß genug ist er.«

»Ich kann ihn nicht ausstehen.«

»Das solltest du aber schleunigst ändern!«

»Es ist nicht, wie es vorher war. Damals, da hab ich ihn richtig gehaßt, Jetzt aber sehe ich, was für ein hübscher Kerl er ist, und ich kann verstehen, daß ihr beide, du und Jane, rein verrückt auf ihn seid, und auch, daß ich es eine Zeitlang war. Aber was soll ich machen? Irgendwo hier drinnen steckt etwas, und wenn ich ihn nur anschaue, sehe ich Wash. Und ich kann einfach nicht vergessen, was Wash mir angetan hat. Ich kann den Kleinen nicht um mich haben.«

»Aber er ist doch nicht Wash.«

»Das weiß ich. Und ich schäme mich ja auch so.«

»Er ist doch ein lieber, süßer kleiner Kerl. Lacht dich die ganze Zeit an und streckt seine Hand nach deinem Gesicht aus und zeigt, wie gut er strampeln kann. Und du solltest dankbar sein, daß du so was wie ihn hast!«

»Sollte ich, bin ich aber nicht.«

Nun ja, sie versuchte jedenfalls, ihre Gefühle herunterzuschlucken, und sie spielte mit dem Kleinen und half Jane, ihn zu versorgen. Aber sie trank.

Zu Jane sagte sie, es wäre Coca-Cola, aber in Wirklichkeit gab sie jedesmal einen kräftigen Schuß von dem Zeug hinein, das wir selbst gebrannt hatten und das überall im Haus versteckt war.

Und wenn sie dann voll war von dem Zeug, dann kam immer dieser Blick in ihre Augen, und ich platzte bald vor Begierde nach ihr.

Jede Nacht kam sie heimlich zu mir rübergeschlichen und brachte mir was von dem Zeug mit. Und dann tranken wir zusammen, und wir konnten einfach kein Ende finden.

Aber Jane, die wurde immer unruhiger und machte sich Sorgen um sie und suchte sie überall. Und einmal hätte sie uns beinah erwischt. Also mußte etwas geschehen.

»Jess, wir brauchen ein heimliches Versteck.«

»Ja, aber wo?«

»Hast du unseren Stollen vergessen?«

Ausgerechnet dieser Stollen! Das war ungefähr der letzte Ort auf der Welt, den ich mir gewünscht hätte – nach der Geschichte mit Moke.

»Ich hab gedacht, das wäre nun endgültig aus und vorbei mit dem Zeug da oben.«

»Was denn für Zeug? Wir brauchen doch die Destille nicht wieder in Betrieb zu nehmen!«

»Trotzdem – sie ist nun mal da.«

»Aber das braucht sie doch nicht. Ich kann das ganze Zeug herunterschaffen und hier irgendwo verstecken. Wenn du weiter keine Sorgen hast. Aber der Ort ist geheim. Das haben wir doch immer gesagt. Da oben kann alles mögliche passieren, und kein Mensch erfährt je etwas davon.«

»Das hast *du* immer gesagt!«

»Und du hast es immer gedacht.«

Von da an nahm sie immer öfter meinen Lieferwagen und gab vor, daß sie nach Carbon City müßte, irgendwas einkaufen, was wir gerade so brauchten. Vielleicht ist sie ja auch wirklich hingefahren, ich hab keine Ahnung.

Aber eines Tages hab ich mich einmal umgesehen, und da fand ich den Wagen an einer Stelle, von wo aus sie nur den Berg hinaufgegangen sein konnte.

Und dann, eines Tages, kam sie mit einem Korb am Arm zu uns heraus. Jane und ich, wir waren gerade dabei, Danny zu füttern.

»Jess, kommst du mit und trägst mir den Korb? Ich möchte oben im Wald ein paar Trauben pflücken, dann können wir Gelee machen.«

»Wieso denn, hast du nur einen Arm?«

»Zum Traubenpflücken braucht man zwei Hände.«

»Ist mir noch nie aufgefallen.«

»Nun ja, zuerst muß man sie finden, dann muß man die Reben beiseite schieben, die davorhängen, und dann muß man die Trauben mit dem Messer abschneiden, sonst zerquetscht man sie ja, wenn man sie abbrechen will. Und außerdem brauche ich Gesellschaft. Wilde Trauben, was meinst du, wie lange das dauert?«

»Nun geh schon mit ihr, Jess.«

Also gingen wir hinauf, denselben Weg wie früher, sie ein Stückchen voraus. Sie summte leise vor sich hin, und zwischendurch blieb sie auch mal stehen, um zu Atem zu kommen.

Und als wir an den ausgebauten Stolleneingang kamen, ging sie vorbei, blieb dann aber stehen.

»Möchtest du das kleine Nest sehen, das ich da drinnen gebaut habe?«

»Ein andermal vielleicht.«

»Nicht jetzt? Bestimmt nicht?«

Sie sah mich aus halbgeschlossenen Augen an, und ich weiß nicht, was schlimmer war: das Magenzittern wegen Moke oder das Herzklopfen wegen ihr.

»Es dauert ja nicht lange. Komm schon!«

Wir gingen hinein und holten Lampen aus der Werkzeugkiste. Wir kamen bis zu dem Eingang zu dem Streb, wo ich Moke begraben hatte.

»Dieser alte Stollen hier ist eingestürzt, seit wir das letztemal hier waren. Aber dadurch hat auch die Zugluft aufgehört, die sonst immer hier durchgezogen ist. Ein richtig hübsches Plätzchen, um sich die Langeweile zu vertreiben.«

Vor den Stolleneingang hatte sie ein paar grobe Steppdekken gehängt, wie man sie an der Straße in der Stadt kaufen kann, und eine Bank hatte sie auch zurechtgezimmert.

»Karbidlampen sind wohl nicht das Richtige für uns, wo wir doch so romantisch sind.«

Neben der Bank stand eine verzinkte Eisenkanne, die wir immer für Wasser benutzt hatten. Unten in die Kanne hatte sie ein paar Löcher geschlagen, und jetzt hielt sie ihre Lampe an eines davon. Sofort begann es in der Kanne zu brennen, und ich sah, daß sie halb mit Holzkohle gefüllt war.

»Und zu unserm guten alten Tyler-Maisschnaps mit Coca-Cola machen wir uns etwas Schönes zu essen!«

Sie hob den Korbdeckel hoch, und was war drin? Ein fertig gerupftes und ausgenommenes Huhn.

Unterdessen war ich soweit, daß ich um keinen Preis wieder rausgegangen wäre, auch nicht, wenn Moke aus seinem Felsengrab direkt auf mich zugekommen wäre. Sie lief also schnell nach draußen, um rasch ein paar Trauben zu pflükken, und ich ging zum Schacht hinüber und holte ein paar Flaschen Coca-Cola, die wir da im Quellwasser kaltgestellt hatten, und etwas von dem Maisschnaps.

Ich zitterte an allen Gliedern, und es war fast so schlimm, daß ich kaum merkte, daß der Gestank gar nicht mehr da war. Sie hatte nämlich die Maischekübel alle geleert und alles blitzblank geputzt.

Ich ging mit den Flaschen zurück, ging noch einmal an die Werkzeugkiste und holte einen langen, dünnen Spieß heraus. Den Spieß reinigte ich kurz im Feuer und schob ihn dann durch das Huhn. Ich hatte es fast fertiggebraten und versuchte krampfhaft, nicht an sie zu denken, als ich plötzlich Musik hörte.

Es war das Radio, und sie kam herein und wiegte sich in den Hüften, und das rote Licht vom Feuer erleuchtete ihr Gesicht, und sie sah mir genau in die Augen. Diesen Tanz hat sie nie zu Ende getanzt.

Kapitel 13

Eines Morgens, vielleicht zwei Monate danach, klopfte es an der Tür, und als ich nach draußen ging, war es Ed Blue.

Er wollte wissen, ob ich nichts von seinem Gewehr gesehen hätte. Ich hatte mein eigenes Gewehr in Reichweite, und nach allem, was passiert war, hätte es mir nicht viel ausgemacht, ihm zu sagen, er sollte sich zum Teufel scheren oder ich verpaßte ihm auf der Stelle eins.

Aber dann dachte ich mir, vielleicht wartest du besser erst

mal ab, was er eigentlich will. Denn schließlich wußte ich ja, wo sein Gewehr war und warum er es gar nicht haben konnte. So wie die Dinge zwischen ihm und Moke standen, hatte Moke das Gewehr bestimmt nicht ohne sein Wissen genommen. Und so wie die Dinge zwischen mir und Moke standen, hatte Ed bestimmt geahnt, was Moke damit vorhatte, selbst wenn Moke ihm nichts davon gesagt hätte – und das sah nun Moke überhaupt nicht ähnlich.

Und wie er nun so den Mund aufmachte, da denk ich bei mir, der Bursche sagt Gewehr, und in Wirklichkeit meint er Moke. Aber nach einer Weile merke ich doch, daß er wirklich nur sein Gewehr meint. Soweit ich ihn verstehen konnte, hatte er seit Mokes Verschwinden nachgegrübelt, und in seinen Augen sah die Sache ungefähr so aus: Moke hätte mich nicht getötet, also mußte etwas schiefgegangen sein. Ich hatte Moke nicht getötet, jedenfalls war nichts davon durchgesickert, also, was war passiert? Vermutlich hatte er sich gesagt, ich wäre mit Moke zusammengestoßen und hätte ihn irgendwie zum Teufel geschickt. Aber wenn das stimmte, dann hätte ich ihm bestimmt das Gewehr abgenommen. Was lag da näher, als daß er mal eben bei mir vorbeischaut, mir ein paar Fragen stellt und dabei meine Augen beobachtet?

Aber von mir hat er nichts erfahren; und als er es endlich merkte, zog er ab und brabbelte dabei, daß er ein friedliebender Mensch ist, und es ist doch schrecklich, wenn jemand mit dem eigenen Gewehr angeschossen wird, und er kann nur hoffen, daß ihn keiner verklagt.

Was mit demjenigen passieren würde, der ihn verklagt, das hat er nicht gesagt.

Aber ein paar Abende später, die Mädchen waren ins Kino gegangen und hatten Danny mitgenommen, und ich hatte einen Spaziergang am Fluß gemacht, um über alles nachzudenken und mir klarzuwerden, woran ich denn nun mit meinem Leben bin, wenn man das überhaupt Leben nennen konnte, also an diesem Abend war das . . .

Ich war also gerade wieder auf dem Heimweg, da sehe ich

von der Straße aus ein Licht im Haus. Ich schleiche mich leise heran, und was sehe ich? Ed ist im Vorderzimmer und leuchtet mit einer Lampe hierhin und dorthin. Und als er vorn fertig ist, geht er weiter ins Hinterzimmer und leuchtet mit der Lampe auf die Kleider der Mädchen und unters Bett.

Ich warte ab, bis er in den Anbau durchgeht und sich da zu schaffen macht, dann schleiche ich auf Zehenspitzen rein, nehme den Revolver von der Wand und ruf ihm von der Tür aus zu: »Nimm die Pfoten hoch, Ed!«

Er hatte keine Waffe, und er nahm die Hände hoch, ohne daß er sich überhaupt erst umdrehte. Ich ging zu ihm und nahm ihm die Lampe ab, eh er mir damit das ganze Haus abbrannte.

»So, du gottverdammte, schlitzohrige, schieläugige, nichtsnützige Ratte, du! Ich frag dich zum letztenmal: Was hast du in meinem Haus zu suchen und was willst du von mir?«

»Ich such doch nur mein Gewehr, Jess.«

»Glaubst du vielleicht, ich stehle Gewehre von andern Leuten?«

»Nein, nein, Jess, so meine ich das nicht! Es ist halt nur so: Nachdem das damals auf der Beerdigung passiert ist, Moke hat es so gewollt, da dachte ich, daß du vielleicht, sicherheitshalber, meine ich, das Gewehr da oben weggeholt hast. Und ich will auf der Stelle tot umfallen, wenn es nicht so ist!«

»Ich hab's nicht! Hast du verstanden?«

»Ja, ich hab verstanden, Jess.«

»Wenn ich jetzt schieße, weißt du ... Ich brauch nur zu sagen, ich hab einen Fremden in meinem Haus angetroffen und aus Angst, daß er auf mich schießen könnte, hab ich zuerst geschossen ... Ich hätte das Gesetz auf meiner Seite. Das weißt du doch, ja?«

»Ja, das weiß ich, Jess.«

»Und wenn ich dich jetzt laufenlasse?«

»Wie du willst, Jess.«

»Laß das Herumschnüffeln sein!«

Zu Kady sagte ich nichts von diesem Vorfall. Auch keinem anderen Menschen gegenüber erwähnte ich Mokes Namen. Aber es machte mich nervös. Und sie dachte natürlich, ich wäre ihretwegen nervös, und nichts war ihr lieber als das, denn dann konnte sie mich auslachen, auf meinem Schoß sitzen, mich am Kinn kitzeln und sagen, ich soll nicht so 'n feierliches Gesicht machen.

Eines Tages waren wir wieder mal oben, hinter der Steppdecke, die wir vor den ausgebauten Stollen gehängt hatten. Wir hatten gegessen, was sie mitgebracht hatte, und auch schon einiges getrunken; die Musik war ganz leise gestellt, und sie tanzte. Sie war splitterfasernackt.

Da höre ich plötzlich auf der andern Seite der Decke ein Geräusch, das jedem Bergmann vertraut ist: das leise Zischen einer Karbidlampe, wenn die Flamme aus ist, das Wasser aber noch weiter Gas produziert ... Ich gab ihr ein Zeichen, sie solle ruhig weitermachen, und schlug mit voller Wucht gegen die Steppdecke.

Irgendwas geht zu Boden, aber die Decke gleich mit; sie fällt genau auf die Feuerstelle, und es wird plötzlich stockdunkel, daß man die Hand vor Augen nicht sieht. Ich schlag noch mal zu und treffe auch; und noch mal; dann kriege ich eins ans Kinn. Mein nächster Schlag streift noch jemand, und dann höre ich nur hastige Schritte, die sich über das Gleis entfernen.

Plötzlich schreit sie laut auf, und der ganze Raum ist wieder hell. Sie hat versucht, die Steppdecke vom Feuer zu ziehen, und überall fliegen rotglühende Kohlen rum, und die Steppdecke brennt und auch ihre Kleider, die sie auf die Bank gelegt hat.

Als wir das Feuer endlich mit Wasser gelöscht hatten, war alles voller Qualm und Dampf.

»Jess, wer war das?«

»Ich weiß nicht.«

»Was wollte er hier?«

»Keine Ahnung.«

»Meinst du, er hat was gesehen?«

»Wie soll ich das wissen?«

Aber mir war natürlich klar, daß es Ed Blue gewesen sein mußte, der immer noch nach seinem Gewehr herumschnüffelte.

Und richtig, am nächsten Morgen, ich war gerade dabei, Äpfel für die Mostpresse zu schneiden, da kommt Jane aus dem Haus, rennt zu einem großen Baum auf der andern Seite der Scheune zu, packt einen Jungen, der sich da versteckt hat, und haut ihm links und rechts eine rein.

Sie war kreidebleich, als sie wieder zurückkam. So böse hatte ich sie noch nie gesehen.

»Also *das* laß ich mir nicht bieten! Dieser Rotzbengel . . .«

»Was hat er denn zu dir gesagt?«

»Nicht zu mir, zu Kady. Daddyliebchen hat er sie genannt.«

Kady kam aus dem Haus und hörte sich das an und wagte nicht, Jane oder mich anzuschauen. Den ganzen Morgen konnte Jane sich nicht darüber beruhigen, aber Kady sagte kein Wort, wenigstens nicht, wenn ich dabei war.

Dann, am Nachmittag, kam sie zu mir raus – ich war gerade oben auf der Presse und drehte sie langsam nach unten – und sagte:

»Jess, ich geh weg von hier.«

»Was sagst du da?«

»Ich geh weg. Nach Washington vielleicht. Irgendwohin.«

»Heißt das, du willst mich verlassen?«

»Ja, ich verlasse dich. Und Jane und Danny nehme ich mit.«

»Aber warum denn?«

»Du hast doch selber gehört, was heute morgen passiert ist und wie Jane sich darüber aufgeregt hat. Ich will nicht, daß so was noch mal vorkommt. Vielleicht bin ich reif für die Hölle, Jess, aber ich will nicht, daß sie es herauskriegt. Und wenn sie auch nur einen Tag länger hier am Fluß bleibt, dann kriegt sie's heraus. Irgend jemand hat uns gesehen und tratscht es jetzt überall herum.«

»Und wenn ich dich nun nicht gehen lasse?«

»Danach frage ich dich gar nicht erst.«

»Du hast wohl vergessen, daß du meine Frau bist.«

»Sei vernünftig, um Himmels willen!«

Ich kletterte von der Presse herunter, um ihr die Wahrheit zu sagen, die ganze Wahrheit, aber ihre Augen waren zu schmalen Schlitzen zusammengezogen, und sie sah mich eiskalt an. Es hat keinen Zweck, es ihr zu sagen, dachte ich bei mir. Sie würde mir doch kein Wort glauben, und wie sollte ich es schon beweisen?

»Wir gehen noch heute.«

»Du hast es aber sehr eilig!«

»Wir fahren mit dem Sechsuhrbus aus Carbon City, und ich wäre dir dankbar, wenn du uns in die Stadt bringst.«

»Na gut denn!«

Kurz bevor wir abfahren wollten, kam Jane zu mir. Sie hatte nicht die leiseste Ahnung, was vorgefallen war, aber sie war ganz unglücklich, daß sie von mir fort sollte, und versuchte, mir klarzumachen, wieviel sie von mir hielt.

Das waren genau auch meine Gefühle, und ich sann verzweifelt auf einen Weg, mit Kady zusammenbleiben zu können und Jane irgendwie darauf vorzubereiten.

Wie's denn wäre, sagte ich, wenn ich meinen Besitz hier verkaufe und selber mit nach Osten ziehen würde. Da umarmte sie mich und sagte, das wäre einfach wunderbar.

Ich weiß nicht recht, ob ich ernsthaft vorgehabt hatte, sie in die Stadt zu bringen. Ich glaube vielmehr, ich hatte die ganze Zeit die Absicht, irgendwo auf der Straße mit einer Panne liegenzubleiben und es noch für eine Nacht hinauszuschieben. In der Zeit würde mir schon was einfallen.

Aber wir waren noch auf der Schotterstraße neben dem Fluß, da kam uns ein anderes Auto entgegen. Zwei Männer saßen darin, und als sie uns sahen, winkte einer von ihnen, ich soll anhalten.

»Sind Sie Jess Tyler?«

»Wer will das wissen?«

»Vertreter des Sheriffs.«

Er zeigte mir seine Dienstmarke, und ich sagte ihm, von mir erfährt er nicht, wer ich bin, und wenn er's unbedingt wissen will, dann muß er sich was anderes einfallen lassen.

»Nun, das läßt sich auf ganz einfache Weise feststellen, Mr. Tyler. Ich brauche Sie mir nur scharf anzusehen, und schon weiß ich wieder, daß ich bereits einmal mit Ihnen zu tun gehabt habe. Das war, als Sie um ein Haar einen Mann getötet hätten. Erinnern Sie sich?«

»Was wollen Sie von mir?«

»Einen Haftbefehl gegen Sie vollstrecken.«

»Wegen was?«

»Inzest. Hier steht's.«

»Kein Wort ist wahr!«

»Das brauchen Sie ja nur dem Gericht zu beweisen. Meine Aufgabe ist es, Befehle zu vollstrecken . . . Ist das Ihre Tochter Kady?«

»Ich sag doch, schauen Sie zu, wie Sie's rauskriegen.«

»Miss Tyler, auch Sie sind mir noch bekannt. Ich habe hier einen Gerichtsbefehl, Sie als Hauptzeugin vorzuführen. So, und was machen wir nun mit Ihrem Lieferwagen, Mr. Tyler? Soll ich mit Ihnen nach Carbon City fahren, oder möchten Sie und Ihre Töchter lieber mit meinem Kollegen hier fahren? Dann bringe ich Ihren Wagen, wohin Sie ihn haben wollen. Oder haben Sie einen eigenen Vorschlag?«

»Meine Tochter Jane kann diesen Wagen fahren.«

»Dann ist ja alles klar.«

Kady und ich stiegen aus und in den anderen Wagen. Keiner von uns beiden sprach auch nur ein Wort mit Jane. Aber aus dem Augenwinkel heraus konnte ich sehen, wie sie da saß in der Sonne, mit dem Kleinen auf dem Schoß, und uns nachstarrte.

Kapitel 14

Als der Hilfssheriff mich zum Gerichtsgebäude führte, war Jane schon da. Sie wartete mit Danny an der Schulter und versuchte, ihn zu beruhigen, denn er weinte, weil er eigentlich schon längst ins Bett gehört hätte.

Eine Menge Leute waren da, weil die Radiostation von Carbon City die Verhaftung in der Sieben-Uhr-Sendung gemeldet hatte, und die halbe Stadt war zur Vernehmung zum Gericht gerannt.

Mein Fall war noch nicht aufgerufen worden, und wie ich so mit dem Hilfssheriff in der großen Halle stehe, kommt Jane herbeigelaufen.

»Wie konntest du ihr so was antun, Jess?«

Der Hilfssheriff schaltete sich ein und ermahnte sie, daß jedes Wort gegen mich verwendet werden könnte, aber sie schenkte ihm gar keine Beachtung.

»Dabei hast du doch genau gewußt, wie sehr sie das alles mitgenommen hatte, daß Wash sie so einfach hat sitzenlassen. Du hast gewußt, daß sie trinkt. Daß sie nicht mehr die alte war. Daß sie für alles zu haben war, was man von ihr verlangte. Und doch hast du sie so schamlos ausgenutzt!«

»Bist du sicher, daß ich das getan hab?«

»Wenn nicht, hätte sie's mir gesagt. Mich lügt sie doch nicht an. Kann sie gar nicht. Wenn sie mir nicht in die Augen sehen kann und nicht mehr mit mir spricht, dann nur, weil du genau das getan hast, was die Leute hier behaupten.«

»Vielleicht steckt doch mehr dahinter, als du glaubst.«

Dann kam die Frau des Gefängnisaufsehers mit Kady herein, und Jane ließ mich stehen und ging zu ihr. Ein Weilchen später kam Ed Blue mit allem, was in Tulip Beine hatte, und da wußte ich, was mir bevorstand.

Es war wieder derselbe Richter, und er sah zu, wie wir uns vor ihm aufbauten, und stellte dem Hilfssheriff ein paar Fragen. Ob ich einen Anwalt hätte, zum Beispiel. Und die ganze Zeit ließ er mich nicht aus den Augen, als ob ich eine von diesen Kröten wäre, bei der er sich Warzen holen kann, wenn er nicht höllisch aufpaßt.

Und dann sagte er zu mir:

»Jess Tyler, Sie stehen hier unter der Anklage des Verbrechens der Blutschande, das heißt: wegen geschlechtlicher Beziehung zu Ihrer Tochter, Kady Tyler, und wegen Verführung einer Minderjährigen, Kady Tyler. Wie plädieren Sie?«

»Was heißt ›plädieren‹?«

»Plädieren heißt: Man äußert sich zu der erhobenen Anklage. Man erklärt sich entweder für schuldig oder nicht schuldig im Sinne der Anklage. Falls Sie sich schuldig bekennen, ist es meine Aufgabe, eine Kautionssumme festzusetzen und Sie bis zur Hinterlegung dieser Summe zur Aburteilung durch die Gerichtskommission in Gewahrsam zu halten. Falls Sie sich nicht schuldig bekennen oder falls Sie bei der jetzigen Verhandlung auf ein Schuldbekenntnis verzichten wollen – was übrigens Ihr gutes Recht ist –, so bin ich verpflichtet, das gegen Sie vorliegende Beweismaterial anzuhören, und falls ich das Beweismaterial für zutreffend, erheblich und schlüssig erachte, ist es meine Pflicht, Sie dem Großen Schwurgericht vorzuführen, eine Kautionssumme festzusetzen und Sie bis zur Hinterlegung dieser Kaution dem Gewahrsam des Sheriffs zu übergeben.«

»Und was machen Sie mit ihr?«

»Ihre Tochter steht nicht unter Anklage.«

»Aber sie ist trotzdem festgenommen.«

»Als Hauptbelastungszeugin mit Anspruch auf Kaution.«

»Worauf ich hinauswill, ist folgendes: Wenn ich mich schuldig bekenne und Sie mich in Haft behalten, dann brauchen Sie doch eigentlich keinen Zeugen mehr, und sie könnte nach Hause gehen. Aber ich möchte nichts unternehmen, ohne mich genau zu erkundigen.«

»Was sagt die Anklage dazu?«

Ein junger Mann, der bei Ed Blue stand, ergriff das Wort: »Euer Ehren, der einzige Anklagepunkt, der sich gegen dieses Mädchen richtet, war eine vom Büro des Sheriffs unter Eid zu Protokoll genommene Anzeige wegen ungehöriger Zurschaustellung. Aber da sich diese Anzeige auf eine Handlung bezieht, die nicht vor der Öffentlichkeit stattfand, liegt an und für sich keine Verletzung des Gesetzes vor, und ich möchte demzufolge die Anklage in diesem Punkt fallenlassen. Ansonsten ist zu sagen, falls nicht bisher unbekanntes Beweismaterial vorgebracht wird, ist es durchaus in Ordnung, wenn dieser Mann dem Staat die Kosten für einen Prozeß ersparen und einen weiteren Skandal vermeiden will. Nach seinem Schuldbekenntnis werde ich die Zeugin nicht mehr benötigen. Ich kann zwar an dieser Stelle nicht darüber befinden, ob die höhere Instanz sie vor der Urteilsverkündung noch einmal anhören möchte, aber von mir aus sehe ich keine Veranlassung, im Falle der Zeugin auf einer Kautionshinterlegung zu bestehen. Schließlich möchte ich noch einmal unsere grundsätzliche Auffassung in ähnlich gelagerten Fällen darlegen, ohne mich in irgendeiner Weise zu binden oder gar meine Bereitschaft zu einem Kompromißhandel ausdrücken zu wollen. Nur in den seltensten Fällen wird von uns die Einweisung in eine Erziehungsanstalt oder sonstige Strafvollzugsmaßnahmen beantragt, wenn die Betroffene gleichzeitig Mutter eines kleinen Kindes ist, es sei denn, wir würden durch besondere Umstände zu einer solchen Maßnahme gezwungen. Genügt Ihnen das als Antwort, Tyler?«

»Ich bekenne mich schuldig.«

»Es erfolgt somit die Festsetzung der Kaution auf fünftausend Dollar, zu hinterlegen bis zur Verkündung des Urteils. Sind Sie in der Lage, die Summe noch heute abend beizubringen?«

»Nein, Sir.«

»Abführen ins Gefängnis! Der nächste Fall!«

Der nächste Fall war ein Farbiger, der verhaftet worden war, weil er einen Autoreifen gestohlen hatte. Er saß auf der vordersten Bank im Gerichtssaal und erhob sich jetzt zusammen mit einem Gerichtsdiener.

Mein Bewacher führte mich zum Ausgang, aber ich hörte noch, wie der Richter zu jemandem sagte, er solle zurücktreten, und als ich mich umdrehte, stand Kady immer noch da. Und dann hob sie plötzlich den Kopf, schaute dem Richter direkt ins Gesicht und sagte:

»Er ist nicht schuldig.«

»Ihr Vater hat sich bereits schuldig bekannt.«

»Mein Mann, meinen Sie.«

»Was?«

»Wir sind verheiratet.«

»Officer, bringen Sie den Mann wieder her!«

Der Ankläger, der bislang ein so netter Mensch gewesen war, verwandelte sich in einen reißenden Wolf, und er feuerte mindestens eine Stunde lang Fragen auf Fragen auf sie ab, bis er alles aus ihr herausgeholt hatte: daß wir damals an dem Tag nach Gilroy gefahren waren und auf dem Standesamt gesagt hatten, wir hätten zwar denselben Namen, wären aber nicht miteinander verwandt, ihr Vater, ein Mann namens Hiram Tyler, wäre längst tot, und sie wäre zweiundzwanzig Jahre alt. Der Richter schaltete sich immer wieder ein und wollte alles mögliche wissen, und nach einer Weile sagte der Ankläger:

»Euer Ehren, ein so schockierender Fall ist mir in meiner gesamten Gerichtspraxis noch nicht begegnet. Ich muß sagen, wir haben es gewiß von Zeit zu Zeit mit Sittlichkeitsdelikten zu tun, aber ich habe es noch nie zuvor erlebt, daß zwei Menschen vor einen Beamten unseres Staates treten und sich bewußt und überlegt über den Staat und seine Gesetze lustig machen. Die Folgen dieses Falles kann ich noch nicht im einzelnen absehen, aber das mindeste, was ich von diesem Gericht verlangen kann, ist, daß dieses Mädchen dem Großen

Schwurgericht überantwortet werden möge.«

»Stattgegeben!«

Sie hatte noch allerlei dagegen einzuwenden, sagte, was ich getan hätte, hätte ich nur aus Liebe zu ihr getan, zwischen uns hätte es so oder so, früher oder später zu etwas kommen müssen, nur daß ich es eben ganz legal mit Trauschein und so gewollt hätte, wie es sich gehört, und ich hätte bestimmt nicht gewußt, daß es gegen ein Gesetz verstößt. Aber es führte zu nichts.

Der Richter fiel über sie her und der Ankläger auch, und ich mußte die ganze Zeit daran denken, was sie ihr nun für ihren Meineid anhängen würden und daß ich letzten Endes doch die Wahrheit sagen müßte, selbst wenn sie mich dafür hassen und ich sie nie wiedersehen würde.

»Ich nehme mein Schuldbekenntnis zurück.«

»Und wie stehen Sie zu dem neuen Anklagepunkt?«

»Was für 'n neuer Punkt, Euer Ehren?«

»Nun . . . Meineid.«

»In diesem Punkt und in den beiden anderen Punkten bekenne ich mich nicht schuldig. Dieses Mädchen hier ist nicht meine Tochter, sondern meine Ehefrau. Und wenn mir vielleicht jemand mal erklären könnte, gegen welches Gesetz wir da verstoßen haben . . .«

»Was soll das heißen – sie ist nicht Ihre Tochter?«

»Das heißt genau das, was ich sage.«

»Wessen Tochter ist sie dann?«

»Der Mann heißt Moke Blue.«

»Das ist eine Lüge!«

Es war aus ihr herausgeplatzt, ohne daß sie es eigentlich hatte sagen wollen, und sie entschuldigte sich auch sofort dafür.

»Bitte, verzeih mir das Wort, Jess. Ich nehme es zurück. Aber auch du mußt zurücknehmen, was du gesagt hast. Selbst wenn du es nur gesagt hast, um mich zu retten, ich ertrage es einfach nicht.«

»Es ist nicht gelogen, und ich nehme es nicht zurück.«

»Wer ist Moke Blue?«

Ich erzählte ihnen, wer Moke Blue ist, daß er mein Heim und meine Ehe zerbrochen hatte, daß er mir Belle weggenommen hatte und daß das alles ungefähr ein Jahr vor Kadys Geburt angefangen hatte.

Ich hatte nichts von alledem auswendig gelernt oder mir zurechtgelegt. Im Gegenteil, ich wußte noch nicht einmal, was ich als nächstes sagen sollte.

»Und Sie haben gewußt, daß Moke Blue ihr Vater ist?«

»Ich hab gewußt, daß ich es nicht bin.«

»Und trotzdem haben Sie sie großgezogen?«

»Nachdem meine Frau damals mit ihr von mir weg ist, hab ich sie erst vor einem Jahr wiedergesehen, als sie zu mir ins Haus gezogen ist.«

»Und dann haben Sie gleich angefangen, mit ihr zu schlafen?«

»Hab ich nicht!«

»Wann hat es denn angefangen?«

»Nachdem wir geheiratet hatten.«

»Sie haben also die ganze Zeit mit ihr unter einem Dach zusammengewohnt und nichts mit ihr angefangen. Und dann beschließen Sie urplötzlich, daß es an der Zeit ist, sie zu heiraten. Warum haben Sie sie nicht früher geheiratet?«

»Ich war schon verheiratet.«

»Aha! Ein kleiner Fall von Bigamie also auch noch obendrein?«

»Meine Frau, meine erste Frau, die Mutter von meiner zweiten Frau hier, ist gestorben. Am Tag nach ihrem Tod hab ich Kady gefragt, ob sie mich heiraten will. Sie hat ja gesagt, und dann sind wir nach Gilroy.«

»Sie haben sie veranlaßt, ein falsches Alter anzugeben?«

»Ihr richtiges Alter hatte ich vergessen.«

»Aber Sie haben zugelassen, daß sie falsche Angaben über den Namen ihres Vaters machte?«

»Nachdem wir geheiratet hatten, sagte sie mir, sie hätte als Namen ihres Vaters Hiram Tyler angegeben. Und erst da ist mir klargeworden, daß sie glaubte, ich wäre ihr Vater. Ich hatte gedacht, sie wüßte von der Sache mit Moke.«

»Haben Sie es ihr nicht gesagt?«

»Dann? Ich wollte, aber ich konnte nicht.«

»Warum nicht?«

»Sie haben doch selber gehört, was sie eben gesagt hat. Moke war ein Faulpelz, ein Nichtsnutz, ein Tagedieb. Hätte ich ihr die Wahrheit über ihn gesagt, sie hätte mich gehaßt. Und das wollte ich nicht, ich liebte sie.«

»Wo ist dieser Moke Blue?«

»Ich weiß nicht.«

Richter und Ankläger sahen sich an, und dann sagte der Richter zu Kady:

»Junge Frau, glauben Sie das alles?«

Sie gab keine Antwort, und er fragte Jane, wer sie ist, und wollte von ihr dasselbe wissen. Aber auch Jane gab ihm keine Antwort.

»Ist vielleicht jemand hier im Saal anwesend, der ein Nachbar dieses Mannes ist und ihn und seine Frau gekannt hat damals, als sie noch zusammenlebten? Könnte jemand bezeugen, was der Mann sagt, oder hat jemand damals von diesen Dingen Kenntnis gehabt?«

Keiner sagte ein Wort.

Ich sagte, daß Moke denselben Schmetterling auf dem Bauch hat wie Danny, daß nur die Männer in der Familie damit geboren werden, und deshalb hätte Kady keinen, wohl aber der Junge. Und sie machten sich nicht mal die Mühe, den Kleinen zu wecken und nachzuschauen, wo er doch da auf dem Tisch lag und schlief, und Jane hatte ihm ihren Hut über die Augen gedeckt, um das Licht abzuhalten.

Und da wußte ich, jetzt ist es aus. Auch für Kady.

Aber auf einmal guckte ich ganz zufällig zu Ed Blue hinüber, und sein Gesicht sagt mir ganz deutlich: Du bist noch nicht am Ende, o nein – es ist noch *nicht* alles aus! Ich konnte doch noch Sieger bleiben. Ich mußte ihm nur das Geheimnis entlocken, das mir fehlte, um freigelassen zu werden.

Der Richter setzte schon zu seinem Schlußwort an.

»Nun, Tyler, solange Sie diesen Moke Blue nicht dazu bewegen können, vor Gericht zu erscheinen, um Ihre Aussagen gewissermaßen aus erster Hand zu untermauern, muß ich zu meinem Bedauern Ihre Ausführungen als weithergeholte Erfindungen betrachten, mit denen Sie den Folgen mehrerer ernsthafter Vergehen ausweichen wollen. Ich werde also . . .«

»Ich kann ihn nicht bewegen, herzukommen.«

»Warum nicht?«

»Er hat Angst, herzukommen.«

»Wovor hat er denn Angst?«

»Daß ich ihn umbringe.«

»Warum muß er denn davor Angst haben?«

Er sah mich an wie einen, der sich, ohne es zu wissen, ganz schön lächerlich macht, dem man aber jede Gelegenheit geben muß, sich zu verteidigen. Und genau dahin hatte ich ihn haben wollen.

»Weil ich ihm verboten habe, noch einmal die Gegend oben am Fluß zu betreten. Das war damals, als er mich erschießen wollte, mit einem Gewehr, das er sich eigens dazu ausgeborgt hatte. Von wem? Von dieser verlogenen Ratte da! Das ist sein Halbbruder, und der kommt her und will gegen mich aussagen! *Und er hat denselben Schmetterling auf dem Bauch wie dieses Kind hier! Nur sagt er davon natürlich nichts, weil er mich hinter Gitter bringen will für etwas, das ich gar nicht gemacht habe!«*

Wenn einer vielleicht glauben sollte, das wäre nicht wie eine Bombe in den Gerichtssaal geplatzt, dann hat er keine Ahnung, was in einem Richter vorgeht, wenn er sieht, daß jemand ihn hat zum Narren halten wollen. Der Mann war so wütend, ich dachte, gleich fällt er über Ed her.

Ed mußte sein Hemd ausziehen, und der Richter selbst knöpfte Dannys Strampelanzug auf – so sachte, als ob es sein eigener Sohn gewesen wäre.

Und richtig, da war der Schmetterling auf Eds Bauch, fein

verziert mit verschnörkelten Fühlern und mit rotem Rand drumherum. Das war noch aus der Zeit, wo er als Heizer bei der Eisenbahn gearbeitet hatte und wo er bei einem Tätowierer in Norfolk gewesen war. Wenigstens sagte er das dem Gericht.

»Und Ihr Halbbruder, dieser Moke Blue, hat diesen Schmetterling auch, ja?«

»Das weiß ich nicht, Sir.«

»Soll ich Sie auch noch wegen Meineid und falscher Aussage unter Strafe nehmen?«

»Ja, Sir, er hat auch einen.«

»Und das gibt's nur bei den Männern in Ihrer Familie?«

»Wie man sagt.«

Der Richter trommelte mit den Fingern auf die Tischplatte. Dann lehnte er sich zum Ankläger hinüber und flüsterte mit dem.

Dann:

»Tyler, diese neu aufgetretenen Tatsachen und Beweise haben mich zwar immer noch nicht von Ihrer völligen Unschuld überzeugt. Moralisch scheint mir an Ihrem Verhalten manches auszusetzen. Zumindest Ihr Versäumnis, dieses Mädchen über ihre wahre Herkunft aufzuklären, und sie in dem Glauben zu belassen, sie habe eine Schuld auf sich geladen, die ihr als zutiefst verabscheuungswürdig erscheinen mußte; zumindest das ist vom moralischen Standpunkt äußerst anfechtbar. Aber ich bin der Überzeugung, daß diese Muttermale es jedem Geschworenengericht unmöglich machen werden, Sie zu verurteilen, gleichgültig, ob Moke Blue ausfindig gemacht werden kann oder nicht. Ich stelle demzufolge das Verfahren ein. Aber Gott stehe Ihnen bei, wenn Sie aufgrund neuen Beweismaterials noch einmal in Zusammenhang mit diesem Fall in Schwierigkeiten geraten sollten!«

»Das ist nicht zu befürchten. Ich bin unschuldig!«

»Übrigens! Warum haben Sie sich überhaupt zuerst als schuldig bekannt? Das scheint mir doch ein recht seltsames Vorgehen.«

»Ich sage doch: Ich wollte nicht, daß sie's erfährt.«

»Daß Moke Blue ihr Vater ist?«

»Eben.«

»Also, mir scheint, Sie lieben dieses Mädchen wirklich sehr.«

»Kann schon sein.«

Kapitel 15

Die ganze nächste Woche sah sie mich kaum noch an. Sie blieb in ihrem Hinterzimmer und ich im Stall. Aber andauernd besah sie sich Danny und den Schmetterling, und man konnte direkt merken, sie versuchte sich daran zu gewöhnen, was das alles bedeutet.

Und dann eines Tages, vor dem Feuer, Jane war gerade hinten und machte das Abendessen, da nahm sie ihn auf den Arm und sagte: »Mein kleiner Junge!«

Immer wieder sagte sie es, und die Tränen traten ihr in die Augen und liefen ihr übers Gesicht.

Danach kümmerte sie sich dann wieder um ihn und wollte Jane gar nicht mehr an ihn heranlassen. Und auch für mich hatte sie von da an wieder Augen, und sie beobachtete mich, als ob sie über irgend etwas nachzudenken hatte.

Und dann, eines frühen Morgens, kurz vor Tagesanbruch, kam sie mit einer Laterne zum Stall heraus, und ich machte mir schon die verrücktesten Gedanken, daß sie vielleicht gekommen war, um sich mit mir auszusöhnen und wieder meine Frau zu sein. Aber sie hatte nicht im entferntesten an so was gedacht.

Sie war noch vom Abend vorher vollständig angezogen, und nun stellte sie die Laterne hin, setzte sich auf den Rand von meiner Koje, so daß der Lichtschein auf ihr Gesicht fiel, ich aber ihre Augen nicht sehen konnte.

»Jess, seit dem Tag im Gerichtssaal ist es mir nicht aus dem

Kopf gegangen. Ich versuche die ganze Zeit, mich zu erinnern, wie es damals war, und auch heute nacht hab ich wieder gegrübelt. Es gibt da etwas, was ich unbedingt wissen muß.«

»Wenn ich's dir sagen kann, tu ich's.«

»Seit wann weißt du, daß Moke mein Vater ist?«

»Schon vor deiner Geburt.«

»Und wie hast du's erfahren?«

»Ich wußte, daß ich es nicht war.«

»Das heißt also, zwischen dir und Belle war eine ganze Zeit nichts gewesen, und das mußte bedeuten, daß ein anderer mein Vater war. Und da hast du auf Moke getippt?«

»Genau.«

»Warum hat er's mir nicht gesagt?«

»Vielleicht hat Belle es nicht gewollt.«

»Welchen Grund sollte sie dafür gehabt haben?«

»Vielleicht hat sie sich geschämt.«

»Oder es selbst nicht gewußt.«

»Wenn ich's gewußt hab, mußte sie's auch wissen.«

»Nicht, wenn nur die Männer in der Familie mit dem Schmetterling auf die Welt kommen. Ich hab keinen. Vielleicht haben sie's beide nicht gewußt, bis Danny da war und sie das Muttermal gesehen haben. Vielleicht haben sie darum angefangen zu streiten. Und Moke hat Danny entführt. Und Belle hat ihn umbringen wollen, um zu verhindern, daß er mir was davon verrät.«

»Ich sag dir doch, wenn ich es gewußt hab ...«

»Jess, darauf gibt's eine ganz einfache Antwort.«

»Und die wäre?«

»Daß du mich belügst. Jetzt, in diesem Augenblick. Wenn es nun gar nicht stimmt, daß du es schon vor meiner Geburt gewußt hast. Könnte es nicht gelogen sein, daß du dich damals mit Belle nicht verstanden hast und all das andere auch?«

»Könnte sein, ist es aber nicht.«

Sie streckte sich lang auf den Decken aus und stierte zu dem Geschirr hinauf, das über unseren Köpfen an Haken aufgehängt war, und eine ganze Weile verging, ehe sie weitersprach.

»Jess, du lügst tatsächlich!«

»Wenn du meinst, wird es wohl so sein.«

»Du hast es nicht gewußt, als wir damals jeden Tag da oben waren und Schnaps gebrannt haben und jeden Abend in die Stadt gefahren sind, um ihn zu verkaufen.«

»Wie kommst du darauf?«

»Meine Annäherungsversuche.«

»Hab ich dich nicht ganz schön abblitzen lassen?«

»Ja, aber warum?«

»Du hast doch gehört, was ich vor Gericht gesagt hab! Ich war verheiratet.«

»Daß ich nicht lache, Jess!«

»So, du findest es also komisch, verheiratet zu sein?«

»Jess, wo du so scharf auf mich warst, glaubst du, da hätte es dir auch nur soo viel ausgemacht, daß du noch verheiratet warst? Was willst du mir eigentlich noch alles weismachen? Du hattest Belle achtzehn Jahre lang nicht mehr gesehen, und nur weil ihr beide, du und Belle auch, die kleine Mühe gescheut habt, euch scheiden zu lassen, nur darum soll ich dir jetzt glauben, daß du dich noch immer als verheiratet gefühlt hast? Nein, mein Lieber! Aber mit der eigenen Tochter ins Bett zu kriechen, das ist was anderes! Das hätte dir sicher was ausgemacht! Dagegen hättest du ankämpfen müssen. Wie hättest du sonst dagestanden? Am Sonntag, in der Kirche, mit einem frommen Lied auf den Lippen und in Gedanken schon beim ewigen Feuer in der Hölle? Warum willst du's nicht zugeben, Jess? Damals hast du mich noch für deine Tochter gehalten.«

»Nichts gebe ich zu!«

Es begann schon hell zu werden, und immer noch lag sie da, und nach einer Weile sagte sie:

»Und an dem Tag, als Belle starb, hast du auch noch nicht gewußt, daß ich nicht deine Tochter bin.«

»Du scheinst ja alles sehr genau zu wissen.«

»Warum hast du überhaupt den Detektiv gespielt, um herauszufinden, warum sie Moke an den Kragen wollte? Wenn du damals schon so gut Bescheid gewußt hast, wärst du sehr schnell auf den Grund gekommen. Aber du hast nicht ein einziges Mal daran gedacht!«

»Ich sag doch, ich war der Meinung, du weißt alles längst und hast es mir nur verschwiegen. Später, als ich dann merkte, du weißt von nichts, da ist mir plötzlich ein Licht aufgegangen, warum sie mit einmal so völlig durchgedreht ist.«

»Und an meinem Hochzeitstag hast du's auch noch nicht gewußt!«

»Unserm Hochzeitstag!«

»Unser Hochzeitstag? Daß ich nicht lache! Für mich hat es nur einen einzigen Hochzeitstag gegeben, und das war nicht unserer. Und ich sag dir, es ist gelogen, wenn du behauptest, du hättest es an diesem Tag gewußt. Du warst nicht mehr verheiratet, und doch wolltest du zulassen, daß ich Wash heirate und mit Freuden sogar. Verständlich, wenn es sich um deine Tochter handelt. Aber Mokes Tochter? Ein Mädchen, das überhaupt nicht mit dir verwandt ist? Auf das du selbst so scharf warst, daß du nachts nicht schlafen konntest? O nein, Jess! Erst an diesem Tag, und keinen Tag früher, hast du herausgekriegt, was los ist. Ich hab schon damals immer gedacht, daß es irgendeinen Zusammenhang geben müßte zwischen deinem plötzlichen Verschwinden und dem Fernbleiben von Wash. Und so wahr mir Gott helfe! Das Gefühl habe ich auch jetzt noch.«

»Da gab's keinen Zusammenhang! Nicht daß ich wüßte!«

»Und Moke ist genau seit diesem Tag nicht mehr gesehen worden. Ob es da nicht doch einen Zusammenhang gibt? Wenn du ihn gesehen hast, warum hast du mir nichts davon gesagt?«

»Ich wollte Moke vergessen, ein für allemal.«

»Warum hast du zu Ed Blue nichts davon gesagt?«

»Eben weil ich ihn vergessen wollte.«

»Sehr komisch, daß du's diesem Ed Blue nicht mitten ins Gesicht gebrüllt hast – die Sache mit dem Gewehr und daß du Moke gewarnt hast, je wieder die Gegend hier am Fluß zu betreten. So wie du's dem Richter erzählt hast.«

»Soll er doch selber nach seinem Gewehr suchen!«

»Wo ist sein Gewehr?«

»Ich hab's in den Fluß geworfen.«

»Wo ist Moke?«

»Woher soll ich das wissen?«

»Jess, du hast Moke umgebracht, stimmt's?«

Ein Prickeln war mir über den Rücken gekrochen, noch ehe sie die Worte ausgesprochen hatte, und genau dieses eine Mal hat mich mein Mundwerk im Stich gelassen.

Ich hab wohl irgendwas gesagt, mehr geschrien hab ich's, irgend etwas, was nein bedeuten sollte, aber erst, nachdem ich mindestens drei Sekunden lang versucht hatte, den Überraschten zu spielen, so als ob ich nicht wüßte, was sie da redet. Und als dann dieses Krächzen aus meiner Kehle herauskam, da lachte sie schon, daß ich mich so schwer entscheiden konnte, ein kaltes, hartes Lachen, das mich mitten ins Herz traf, und sie wußte es.

Als ich zum Frühstück ins Haus ging, bekam ich es von ihr vorgesetzt. Und als Jane dann hereinkam, war sie zum Ausgehen angezogen, in Hut und Mantel.

»Also, Jess, ich verabschiede mich.«

»Wo gehst du hin?«

»Nach Blount wahrscheinlich.«

»Du willst also von mir weg?«

»Ich werde hier doch nicht mehr gebraucht, jetzt, wo Kady so gut für Danny sorgt. Und drüben in Blount hat mir einer eine Stelle als Hilfe in seinem Café angeboten. Ich wollte schon lange zu ihm.«

»Das kommt alles ein bißchen plötzlich, findest du nicht?«

»Oh, ich hab mir's schon gut überlegt.«

Aber sie sagte das alles so komisch, und andauernd fummelte sie an ihrer Handtasche herum, und ich hatte eher das Gefühl, daß sie aus einem ganz bestimmten Grund weggeht, den sie mir nicht sagen wollte.

»Dann bringe ich dich mit dem Wagen hin.«

»Ich fahr mit dem Bus.«

»Ich bring dich an die Hauptstraße.«

»Ich kann gehen.«

»Brauchst du Geld?«

»Ich hab was.«

An dem Tag war ich sehr früh wach geworden, und nachmittags wurde ich ziemlich müde. Wie lange ich geschlafen habe, weiß ich nicht; als ich aufwachte, stand Kady vor mir, in vollem Ausgehstaat, und sah mich an.

»Leb wohl, Jess!«

»Wo willst *du* denn hin?«

»Ich werde heiraten.«

»Wann?«

»Irgendwann nächste Woche.«

»Du *bist* verheiratet. Hast du das vergessen?«

»Nein, das hab ich nicht vergessen.«

»Wie kannst du dann noch mal heiraten?«

»Nächste Woche werde ich's können.«

»Versteh ich nicht.«

»Du wirst es schon noch verstehen.«

»Und wer ist der Glückliche?«

»Wash.«

»Dann hat er sich's also wieder mal anders überlegt, ja?«

»Er weiß jetzt endlich die ganze Wahrheit. Jane hat ihn gleich nach ihrer Ankunft in Blount angerufen. Wahrscheinlich war das überhaupt einer der Gründe, warum sie nach Blount wollte.«

»Ich hab genau gewußt, daß sie mir den wahren Grund nicht gesagt hat.«

»Sie hat ihn angerufen, und er ist sofort gekommen. Er

war rein versessen darauf, zu erfahren, was hier oben passiert ist. Er hatte nämlich im Radio von deiner Verhaftung gehört, aber in der Zeitung nichts von dem Freispruch gelesen. Und wenn es in einem solchen Fall nicht zu einer Verurteilung kommt, dann kriegen sie's mit der Angst. Sie hat ihm erzählt, was du vor Gericht gesagt hast, und da ist er sofort mit ihr hierher zurückgefahren. Jess, ihm hast du gesagt, Moke ist der Vater von Danny. Und mir hast du gesagt, er ist *mein* Vater. Beides war gelogen. Du bist mein Vater. Aber ein drittes Mal wirst du nicht lügen. Ist dir das klar, Jess? Verstehst du jetzt, warum ich in der nächsten Woche werde heiraten können?«

»Es wird eine Menge Ärger für dich geben, wenn du das tust.«

»Wir sind da anderer Meinung.«

»Die Behörden kriegen doch alles heraus, verlaß dich drauf!«

»Natürlich, wir sagen es ihnen sogar.«

Zu komisch! Sie würde mir die Wahrheit niemals glauben, und den einzigen Menschen auf der Welt, der es hätte beweisen können, den hatte ich getötet. Und wenn es erst herauskam, was sie für die Wahrheit hielt, dann würde kein Schwurgericht der Welt ihr daraus einen Vorwurf machen, was sie jetzt mit mir vorhatte.

Draußen hatte es zu regnen angefangen, und als ich durch einen Spalt lugte, lief sie den Weg hinunter zu seinem Wagen, der mit offenen Türen wartete, und drinnen konnte ich Jane und das Baby erkennen. Sie stieg ein, und der Wagen fuhr ab.

Ich ging ins Haus hinüber, um mein Gewehr zu holen. Es war nicht mehr da, und der .45er auch nicht. Ich nahm meinen Hut, zog die Jacke über und wollte in die Scheune, um mit meinem Wagen nach Carbon zu fahren und den Sheriff um Hilfe zu bitten.

Aber ich war noch nicht ganz an der Scheunentür, da krachte ein Schuß und riß Splitter aus dem Holz. Ich rannte los, wollte zum Haus; der zweite Schuß streifte meinen Hut. Ich warf mich lang auf den Boden ...

Als es etwas dunkler geworden war, kroch ich ins Haus.

Draußen im Stall konnte ich das Vieh brüllen hören, und weiter unten am Fluß mischten sich die Kühe ein, aber ich hatte Angst rauszugehen.

Später, nachdem ich mir was zu essen gemacht hatte, ohne das Feuer anzufachen, aus Furcht, sie könnten durch die Ritzen hereinschauen und mich sehen, suchte ich mein ganzes Geld zusammen, zog meinen Regenmantel an und machte mich heimlich auf den Weg hinunter zur Straße.

Von überall hörte man die Laute von Schweinen und Mulis und Hühnern und Kühen, die nicht gefüttert oder gemolken oder versorgt worden waren. Ich kam ungefähr zweihundert Schritt weit, als etwas in mein Bein einschlug und ich einen Schuß höre. Ich schleppte mich zurück im Haus, wusch die Wunde aus und brachte das Blut zum Stoppen.

Seit einer Woche regnet es jetzt. Seit einer Woche sind sie draußen. Und seit einer Woche schreibe ich.

Vielleicht müssen sie mich töten, um alles, was passiert ist, auszulöschen und endlich zusammenkommen zu können. Oder vielleicht glauben sie auch nur, daß sie es müssen. Vielleicht werden sie sagen, was sich alles zugetragen hat und wie, damit sie nicht selbst in ein falsches Licht geraten.

Aber ich muß es mir auch von der Seele reden. Ich habe nämlich immer nur das getan, was ich für richtig gehalten habe. Was ich ihm gesagt habe, habe ich für die Wahrheit gehalten, und wenn er nicht so viel Vertrauen zu ihr gehabt hat, daß er erst zu ihr geht und sich anhört, was sie zu sagen hat, dann war das seine Sache.

Nachdem ich dann herausgefunden hatte, wie es wirklich ist, da war sie frei für jeden, und ich kann dazu nur sagen, daß ich sie genausosehr liebe wie er.

Und so schreibe ich denn alles auf. Ich bin jetzt damit fertig, und heute abend, wenn ich dieses Haus verlasse, nehme ich es mit. Und vielleicht ist es gar nicht nötig, daß sie es weitererzählen. Vielleicht merken sie, daß sie, auch ohne einen Menschen töten zu müssen, zusammenkommen können. Denn mein Bein ist jetzt wieder besser, und es gibt noch etwas, woran sie nicht gedacht haben. Und das ist das Bergwerk oben.

Als es dunkel wurde, schlich ich durch den Hinterausgang heraus, überquerte den Fluß oberhalb des Hauses und stieg den Fußpfad hinauf, ohne daß sie mich sehen konnten. Als ich an den Stolleneingang kam, ging ich hinein, und als ich weit genug drinnen war, so daß man von unten von der Straße kein Licht mehr sehen konnte, nahm ich die Karbidlampe heraus, die ich mitgebracht hatte.

Jetzt brauchte ich nur noch weiterzugehen bis zum Schachtaufgang, dann die Leiter hinauf, oben das Licht wieder aus und dann heimlich auf der anderen Seite den Berg hinunter. Ich würde dann ungefähr eine Meile von der Stelle entfernt auf die Straße stoßen, wo sie auf der Lauer lagen. Von da ist es nur ein kurzer Fußmarsch bis zur Bushaltestelle ... Dann bin ich weg von hier.

Aber als ich den Feuerstein anschlage, fällt mir die Lampe hin; ich höre, wie der Deckel aufspringt und das Karbid überall herumkollert. Und wie ich noch so rumtaste nach ein paar Krümeln, die ich in die Lampe tun und draufspucken kann, damit es wieder Gas gibt, da höre ich plötzlich ein Geräusch ... Ich bin fast umgefallen vor Schrecken.

Moke war da drinnen in seinem Stollen. Er fuhrwerkt mit dem Gewehrlauf herum und will raus aus seinem Loch ... Drei- oder viermal schlägt er gegen einen Felsbrocken, dann zwängt er den stählernen Lauf als Hebel in einen Spalt, wuchtet den Stein ein Stückchen beiseite und fängt wieder von vorn an. Ich habe laut aufgeschrien vor Entsetzen. Nichts wie raus hier! Aber ich schlage hin und knalle mit dem Kopf gegen irgendwas, und dann weiß ich eine ganze Weile lang nichts mehr.

Als ich wieder zu mir komme, ist er schon näher, und ich höre sein Hämmern deutlicher ... Irgendwie bin ich dann doch noch rausgekommen. Als ich wieder hier unten ankam, wurde es schon hell.

Draußen regnet es noch immer, aber jetzt ist es Tag. Ich höre seit einer Weile nichts als das Wasser, das vom Dach abläuft, und jetzt kann ich mir auch denken, was da oben im Stollen gewesen ist. Natürlich war es nicht Moke. Es war das Tropfen des Wassers. Jetzt, wo ich weiß, was es war, wird es mir nichts mehr ausmachen, und heute abend stehle ich mich endgültig hier weg.

Ich bin umzingelt. Ed Blue ist draußen und ...

LIT. KRIMI

IM GOLDMANN-TASCHENBUCH

Castangs Stadt ist real, erfüllt von pulsierendem Leben, erschreckend und heiter – und bewohnt von den Phantasiegestalten eines höchst originellen Autors: Henri Castang und seinen Kollegen, Freunden und Bekannten. Castang, der Kriminalinspektor, der für Commissaire Richard den Mord an dem Finanzier Etienne Marcel aufklären soll ...

Nicolas Freeling
Castangs Stadt
Bestell-Nr. 5221 DM 6,80

Im Jahre 1886 steht Adelaide Bartlett im Old Bailey vor Gericht – unter der Anklage, ihren Mann vergiftet zu haben. Viele Indizien deuten auf ihre Schuld – doch Adelaide wird freigesprochen!
Ein Sittenbild aus dem viktorianischen England und zugleich ein faszinierender, spannender Kriminalroman.

Julian Symons
Der Fall Adelaide Bartlett
Bestell-Nr. 5220 DM 6,80

Verlangen Sie das Gesamtprogramm beim
Goldmann Verlag · Neumarkter Straße 18 · 8000 München 80

Ngaio Marsh

IM GOLDMANN-TASCHENBUCH

„Beste britische Krimitradition"
Frankfurter Allgemeine Zeitung

Von Ngaio Marsh im Goldmann Verlag
lieferbare Titel:

Mord vor vollem Haus (4939)
Der Tod auf dem Fluß (4942)
Der Tod des Narren (4946)
Der Champagner-Mord (4917)
Ouvertüre zum Tod (4902)
Mylord mordet nicht (4910)
Fällt er in den Graben, fällt er in den Sumpf (4912)
Der Tod im Frack (4908)
Tod im Pub (4904)
Der Handschuh (4934)
Das Todesspiel (4936)

GOLDMANN

Verlangen Sie das Gesamtprogramm
beim Goldmann Verlag
Neumarkter Straße 18 · 8000 München 80

ACTION KRIMI

IM GOLDMANN-TASCHENBUCH

Sam Briscoe ist der neue Held des amerikanischen Autors Pete Hamill, ein Mann, den man als „tough guy" bezeichnet. Er liebt Whisky, Frauen, schnelle Autos und ist Reporter aus Leidenschaft.
Das alles teilt er mit seinem geistigen Vater, der dieser Geschichte beinahe autobiographische Züge gibt.

Pete Hamill
Ich klau' dir eine Bank
Bestell-Nr. 5413 DM 4,80

Der Fernverkehr am Highway-Kreuz bei der amerikanischen Kleinstadt Walterburg bringt Geld in die Kassen einer privaten Groß-Raststätte, doch hinter der glänzenden Fassade verbergen sich Spannungen und Konflikte. Ein wegen Betrügereien entlassener Barmixer denkt sich einen raffinierten Plan aus, wie er zu sehr viel Geld kommen und seinen tödlichen Haß befriedigen kann. John D. MacDonald wurde mit dem Edgar-Allan-Poe-Preis ausgezeichnet.

John D. MacDonald
Die mexikanische Heirat
Bestell-Nr. 5420 DM 4,80

Verlangen Sie das Gesamtprogramm beim
Goldmann Verlag · Neumarkter Straße 18 · 8000 München 80

Ernestine Wery

IM GOLDMANN-TASCHENBUCH

Eine deutsche Kriminalautorin mit Stil und psychologischem Einfühlungsvermögen

Von Ernestine Wery im Goldmann Verlag lieferbare Titel:

Die Hunde bellten die ganze Nacht (5608) DM 6,80

Sie hieß Cindy (5606) DM 4,80

Als gestohlen gemeldet (5602) DM 4,80

Die Warnung (4857) DM 4,80

Auf dünnem Eis (4830) DM 5,80

Verlangen Sie das Gesamtprogramm beim
Goldmann Verlag · Neumarkter Straße 18 · 8000 München 80

LIT. KRIMI

IM GOLDMANN-TASCHENBUCH

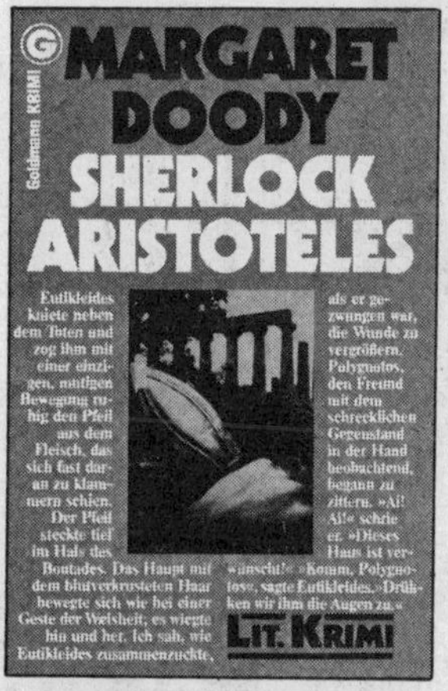

An einem frühen Septembermorgen des Jahres 332 v. Chr. wird ein reicher, edler Bürger von Athen tot aufgefunden. Der junge Stephanos, Schüler des Aristoteles, hat die Pflicht, seinen Vetter Philemon vor dem Areopag zu verteidigen. Vor dem authentischen Hintergrund des antiken Athens klären der große Lehrer und sein eifriger Schüler einen im doppelten Sinn klassischen Kriminalfall.

Margaret Doody
Sherlock Aristoteles
Bestell-Nr. 5215 DM 6,80

Privatdetektiv Nigel Strangeways hat sich von seinem Aufenthalt in Cabot literarische Anregungen erhofft. Doch er wird enttäuscht. Im Augenblick gibt es in der amerikanischen Universitätsstadt nur ein Gesprächsthema: Mord.

Nicholas Blake
Der Morgen nach dem Tod
Bestell-Nr. 5217 DM 5,80

Verlangen Sie das Gesamtprogramm beim
Goldmann Verlag · Neumarkter Straße 18 · 8000 München 80

Krimis
IM GOLDMANN-TASCHENBUCH

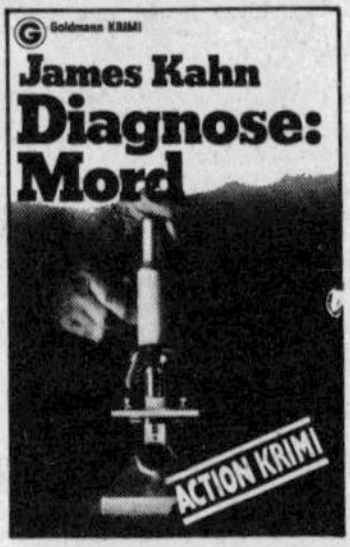

James M. Cain
Zarte Hände hat der Tod
5224

Gertrude Walker
Diamanten brennen nicht
5232

Julian Symons
Am Anfang war der Mord
5228

Dick Francis
Mord inbegriffen
4932

Ngaio Marsh
Der Champagner-Mord
4917

Bill Knox
Die rote Witwe
4933

James Kahn
Diagnose: Mord
5436

Joseph Hansen
Verkaufte Haut
5444

Thomas Andresen
Herr Struxdorf und die Hierarchie der Morde
5635

Dieter Bromund
Die erste Reise war angehnem
5624

GOLDMANN

Verlangen Sie das Gesamtprogramm beim Goldmann Verlag · Neumarkter Str. 18 · 8 München 80